D1665714

Meindert DeJong
Die blaue Katze, die Oliven ißt

Meindert DeJong

Die blaue Katze, die Oliven ißt

Boje-Verlag Stuttgart

Aus dem Englischen übertragen von Irmela Brender
Titel der Originalausgabe: THE EASTER CAT
Erschienen bei The Macmillan Company, New York
© 1971 by Meindert DeJong
© 1971 by the Macmillan Company

Erste Auflage 1973
Alle deutschsprachigen Rechte beim Boje-Verlag, Stuttgart
Gesamtherstellung: Richterdruck Würzburg
Umschlag und Innenbilder: Aiga Rasch
Printed in Germany · ISBN 3 414 14960 5

Inhalt

Die Hintergasse

Millicent stand in der Hintergasse und sah ihrer Mutter nach. Sie war über sich selbst verärgert. Mutter hatte sofort gewußt, warum sie hier war. Es war immer der gleiche Grund – sie hielt Ausschau nach streunenden Kätzchen.

Wenn sie nur gewartet hätte! Aber sie war so sicher gewesen, daß Mutter schon einkaufen gegangen war, daß sie schnell ihre ältesten Jeans angezogen hatte und nur noch rasch in die Küche gelaufen war, um zwei kleine Plastiktüten mit Fleischresten einzustecken, die sie gestern abend von den Kotelettknochen geschabt hatte. Dann war sie in die Hintergasse gerannt. Unterdessen hatte Mutter sich wohl ausgeruht, nachdem sie das Osteressen für morgen vorbereitet hatte. Und statt danach die Straße hinunterzugehen, wie sich das gehörte, war Mutter durch die Hintergasse gekommen.

Millicent schaute ihr wütend nach. Wer hätte das gedacht? Mütter gehören nicht in Hintergassen. Alle Mütter haben etwas gegen Hintergassen – sie halten sie für gefährlich. Aber wo sonst findet man streunende Kätzchen, die man füttern und streicheln kann?

Mutter war einfach dahergekommen, und dort ging sie jetzt – natürlich erst, nachdem Millicent ihr versprochen hatte, heimzugehen. Und natürlich hatte Mutter die kleinen Plastiktüten in Millicents Taschen bemerkt. Warum waren Taschen immer so klein? Jetzt wußte Mutter nicht nur, daß sie in die Hintergasse ging, um dort mit Katzen zu spielen, sondern auch, daß sie Sachen von daheim nahm und sie damit fütterte.

Mutter konnte nichts dafür, daß sie auf Katzen allergisch reagierte und sich vor Hintergassen fürchtete. Aber konnte sie nicht einsehen, daß die streunenden Katzen in der Hintergasse gefüttert werden mußten? Sie waren heimatlos und verängstigt und hungrig. Man konnte nicht einfach nur mit ihnen spielen – sie mußten gefüttert werden. Sie kamen zu dem alten Lagerhaus in der Hintergasse, um Ratten und Mäuse zu jagen, aber die großen, wilden Katzen, die bereits dort wohnten, gingen auf sie los und verjagten sie. Die kleinen bekamen nie genug zu fressen.

Auf dem ganzen Weg von der Hintergasse zu ihrem Haus dachte Millicent Schritt für Schritt darüber nach. Jeder Schritt wurde von einem klaren Gedanken begleitet, der in die richtigen Worte gefaßt war. Schon wollte sie umkehren und Mutter nachlaufen und ihr erklären, daß sie wenigstens die Kätzchen in der Hintergasse brauchte zum Streicheln und Liebhaben und Spielen und Füttern, wenn sie schon wegen Mutters Allergie keine eigene Katze zu Hause haben durfte. Doch Millicent kehrte nicht um. Mutter würde sich nur selbst Vorwürfe machen. Und Mutter konnte nichts dafür.

Millicent verließ die Hintergasse bei ihrer Garage, überquerte den Hof, stieg die Treppe zu ihrer hohen, altmodischen Hinterveranda hoch und setzte sich auf die oberste Stufe. Hier würde sie sitzenbleiben. Gut, sie hatte versprochen, nicht in der Hintergasse mit Kätzchen zu spielen, doch wenn eines kam ... Sie zog die kleinen Plastiktüten hervor, öffnete sie und legte sie neben sich.

Vielleicht lockte der Fleischgeruch eine Katze herbei.

Kein Kätzchen kam. Millicent stützte ihre Hände auf die Veranda, lehnte sich zurück und sah sich traurig um. Ihre Familie saß nie auf dieser Veranda – es gab noch nicht einmal einen Stuhl, auf dem man hätte sitzen können. Auf der ganzen großen Veranda stand lediglich das riesige, altmodische Schrankgrammophon, das mit Efeu bepflanzt war. Im Laufe der Jahre hatte der Efeu die ganze Vorderseite überwuchert.

Irgendwer hatte irgendwann das Grammophon genauso schlachtschiffgrau angemalt wie den Boden der Veranda. Jetzt sah es aus wie ein großer, häßlicher viereckiger Pilz, der aus dem Boden wuchs. Es war so scheußlich, daß Millicent einmal Mutter gefragt hatte, warum sie es behielt.

Mutter hatte gelacht. „Es schaut ziemlich übel aus, wie? Aber glaub mir, es gab einmal eine Zeit, da fand ich es herrlich."

Millicent hatte sich geschüttelt.

„Ich weiß schon", hatte Mutter gesagt, „aber das war damals groß in Mode – man ließ Pflanzen aus alten Kaffeemühlen wachsen, aus Butterfässern oder kupfernen Teekesseln. Ich wollte auch etwas Ungewöhnliches haben, und weil dieses alte Grammophon in der Garage stand, bat ich deinen Vater, daraus einen Blumentisch zu machen. Er nahm den Aufbau weg, schlug das Fach mit Metall aus, sägte die Beine ab, und da hatte ich meinen Pflanzentisch."

„Uff", hatte Millicent geantwortet.

„Ich fand das recht originell. Mir hat nur leid getan, daß es nicht ein richtig altes Grammophon war mit einem Trichter – dann hätte der Efeu aus dem langen, schwarzen Trichter wachsen können!"

„Mutter!"

„Jetzt kommt es einem verrückt vor, aber damals war es das keineswegs. Auf jeden Fall gedeiht der Efeu immer noch prächtig, und hier draußen sieht niemand das alte Grammophon. Außerdem kann ich im Schrank gut mein Gartenwerkzeug verstauen." Mutter hatte eine Zeitlang geschwiegen, dann sagte sie nachdenklich: „Ehrlich gesagt hänge ich daran, weil dieses Grammophon das letzte war, was dein Vater bastelte, bevor er starb."

Als ihr jetzt Mutters Worte einfielen, kam sich Millicent irgendwie schuldbewußt vor. Das häßliche Grammophon schien ihr vorzuwerfen, daß sie sich kaum an ihren Vater erinnerte. Aber, verteidigte sie sich, damals war sie kaum mehr als ein Baby gewesen. Eilig stand sie auf. Sie würde ins Haus gehen. Überhaupt, wenn sie hier blieb, kam Sarah vielleicht, und sie hatte keine Lust zum Spielen. Keine Katze war gekommen, die gefüttert werden wollte, und nur das schweigsame, scheußliche Grammophon war da, das einen einsamen und trüben Nachmittag heraufzubeschwören schien. Mit Sarah würde das auch nicht besser werden.

Sarah war das einzige Mädchen in der Nachbarschaft. Sie war zwei Jahre jünger als Millicent, doch sie benahm sich wie ihre eigene Großmutter und sprach auch so. Mutter sagte ständig, man müsse nett sein zu Sarah, weil sie einsam sei. Und wer war nicht einsam? Millicent starrte das häßliche Grammophon an.

Dann schlug irgendwo in den stillen Hinterhöfen eine Tür zu. Es war so still gewesen, daß der Knall wirkte wie ein Pistolenschuß. War das

Sarah? Wenn ja, dann würde Sarah herkommen, und Sarah wurde man kaum mehr los. Sie klebte. Millicent sprang auf und lief zum Grammophon. Sie schob die Efeuranken zur Seite und öffnete die Schranktür. Dahinter lagen zwei kleine Gieß- kannen, Gartenhandschuhe, eine Sprühpistole, ein Pflanzenheber und eine Schachtel, die umge- fallen war und überall Düngemittel verstreut hatte. Hastig legte sie alles auf den Verandaboden, das sah nach Arbeit aus. Dann wischte sie den herausgefallenen Dünger zusammen.

Niemand kam – der Türenknall hatte nichts mit Sarah zu tun. Millicent kroch aus dem Schrank und kam sich irgendwie betrogen vor. Jetzt gab es nichts als den langen, leeren Nachmittag ... Warum sollte sie sich eigentlich nicht an die Arbeit machen, Wasser und Seife holen und den Schrank als Überraschung für Mutter auswaschen? So hätte sie etwas zu tun.

Das graue Düngemittel lag in einem Häufchen auf dem weißen Boden des Grammophons. Die Wände des Schrankes waren aus dunklem Maha- goniholz, und Millicent fragte sich, warum ihr Vater einen neuen Boden aus weiß angestrichenen

Brettern hineingenagelt hatte. So schwer war doch Mutters Gartenwerkzeug nicht! Ach, das war es wohl – der alte Boden mußte entzweigegangen sein, als Vater die schmalen Fächer für die Schallplatten herausgenommen hatte. Und den neuen weißen Boden hatte er wirklich mit Riesennägeln befestigt! Das war jetzt schon so lange her, daß die Nägelköpfe ganz rostig waren. Auf den weißen Brettern nahmen sie sich fast wie winzige Kupfermünzen aus. Millicent stellte sich vor, es seien irgendwelche ausländischen Münzen, und steckte zur näheren Besichtigung den Kopf noch weiter in den Schrank.

Dabei verfing sich der Efeu, der über die Öffnung hing, in ihrer Haarspange und zog sie heraus. Sie fiel hinunter und rutschte in die Ritze zwischen dem weißen Boden und der dunklen Mahagoniwand des Schrankes.

Millicent versuchte die Spange herauszuschieben, doch die Ritze war so schmal, daß selbst ihr kleiner Finger zu dick dafür war. Sie nahm den Pflanzenheber und stieß in die Ritze. Plötzlich hob sich mit dem kleinen Spaten der ganze weiße Boden, und die Spange fiel hinunter unter die

Veranda. Oh, der Schrankboden war hinten mit verdeckten Scharnieren befestigt! Eine kleine Falltür! Die Nägel waren nichts als Nägelköpfe – sie waren abgeknipst worden, damit der Boden nur festgenagelt aussah.

Aufgeregt steckte Millicent ihren Kopf durch die Öffnung und wollte unter die Veranda schauen, doch es war zu dunkel. Gerade wollte sie enttäuscht aufgeben, als sie unten im Schmutz die Haarspange glitzern sah. Sie drehte den Kopf und erkannte weiter hinten in der Dunkelheit eine Querwand, die wahrscheinlich verhindern sollte, daß der lange Verandaboden sich in der Mitte senkte. Aber was sollte dieser halbmondförmige Fleck genau über der Erde mitten in der Querwand? War das ein Schlupfloch? Und war das schwaches Tageslicht, das aus einem tiefer gelegenen Raum durch das Schlupfloch drang? Gab es unter der Veranda ein geheimes Versteck?

Plötzlich hörte Millicent leise Klick-Klack-Geräusche genau unter ihrem Gesicht, sah kleine Bewegungen, als rege und rühre sich die Spange. Sie streckte den Kopf hinunter. Nein, das waren Käfer! Glänzende, hartgepanzerte Käfer krochen dort unten über den trockenen, staubigen Schmutz. Einer von ihnen mußte über die Spange geklettert sein.

Schaudernd vor Widerwillen schoß Millicent aus dem Schrank und sprang auf die Beine. Sie mußte eine Taschenlampe holen und sehen, was wirklich dort unten war. Das war alles so seltsam – der eingehängte falsche Boden im Grammophon, der eigentlich eine Falltür war, ein Schlupfloch in einer Querwand, das in ein tiefergelegenes Versteck führte, falls da tatsächlich ein Raum war ... Millicent fröstelte, doch sie rannte ins Haus, um die Taschenlampe zu holen.

Das Klappfenster

Oben blieb Millicent zögernd stehen. Sie brauchte Carls große Taschenlampe, aber eigentlich durfte sie nicht in sein Zimmer, wenn er nicht da war. Dann hörte sie Sarah unten rufen.

Sie stieß die Tür auf, nahm die Taschenlampe von Carls Nachttisch und lief den Gang entlang, wobei sie noch rasch Mutters Bademantel vom Treppengeländer zog. Sie warf ihn über, während sie in ihr Zimmer und ans Fenster rannte, von dem aus man die Einfahrt überblicken konnte. Hinter dem Vorhang verborgen, spähte sie hinunter.

Dort stand Sarah und hatte die Augen hinter der dicken Hornbrille auf Millicents Fenster gerichtet. Geduldig rief Sarah noch einmal. So war Sarah, dachte Millicent finster: Sie würde nicht die Stimme heben, aber sie würde auch nicht aufhören, bevor sie eine Antwort bekam. Immer wieder rief Sarah: „Milli, Milli, Mill-iii, Mill-iiii."

Als ob sie eine Kuh riefe, dachte Millicent. So klang es, als ob jemand eine sture, langweilige, dumme alte Kuh riefe! Am besten wäre es, nicht zu antworten und Sarah da stehen und rufen zu lassen, bis Mutter nach Hause kam.

Mutter! Nur nicht! Das Gartenwerkzeug war über die ganze Veranda verstreut, und das Grammophon stand offen. Sarah war so neugierig, und Millicent wollte auf keinen Fall, daß sie etwas von dem Geheimversteck erfuhr. Wenn Sarah davon wüßte, wäre es so geheim wie der Inhalt der Morgenzeitung. Sie mußte sie rasch loswerden.

Millicent öffnete das Fenster und beugte sich hinaus, so daß Sarah ihren Bademantel sehen mußte. „Muuh", rief sie. „Was willst du, Sariiiii?"

„Oh!" Sarah stieß einen kleinen Überraschungsschrei aus. „Milli, was hast du mich erschreckt!" Aber sie sah ziemlich erfreut aus. „Merkwürdig, daß du mich so rufst – so nennt mich immer meine Großmutter – Sari."

Was half's? Sarah konnte man nie veralbern. Millicent wartete, es fiel ihr nichts ein, was sie hätte sagen können.

„Milli, du hast mich so erschreckt, daß ich fast vergessen habe, warum ich gekommen bin… Kannst du mir dein Springseil leihen?"

Sarah benahm sich irgendwie komisch. Meistens wollte sie Millicent nur dazu überreden, herauszukommen und mit ihr zu spielen. „Natürlich leih' ich's dir", sagte Millicent leichthin. Und damit Sarah nicht doch noch damit anfangen würde, fügte sie hinzu: „Ich wollte, ich könnte mit dir spielen, aber Mutter hat gesagt, ich soll mir die Haare waschen, bis sie wiederkommt… Warte, ich suche das Springseil."

Sarah schaute hoch und glaubte kein Wort. Auf eine komische, altgroßmütterliche Weise machte sie, daß man sich schuldbewußt und wie ein ertappter Lügner vorkam. „Oh, deine Mutter ist weg? Hast du eine Katze in deinem Zimmer?"

„Nein", sagte Millicent prompt, „nur eine alte Kuh."

Sarah fand das noch nicht einmal komisch genug für ein Lächeln. Statt dessen sagte sie in einem erfreuten und selbstgefälligen Ton: „Oh, ich habe vergessen, dir zu sagen, daß ich das Springseil nicht nur für mich haben möchte. Ein paar Häuser weiter ist ein neues Mädchen eingezogen, und ich gehe zu ihr zum Spielen."

Millicent beugte sich weiter aus dem Fenster. „Ein neues Mädchen?" Zu ihrer Überraschung empfand sie einen scharfen Stich der Eifersucht.

„Ich glaube, sie ist jünger als ich", sagte Sarah.

„Ach?" Millicent verlor sofort das Interesse.

„Nur ein bißchen jünger", sagte Sarah schnell. „Aber sie ist in vielem wie du. Sie ist auch ganz verrückt nach Katzen. Ist das nicht merkwürdig, *ich* dagegen, ich finde sie ziemlich eklig. Bei uns zu Hause geht es allen so mit Katzen – außer Großmutter."

„Wirklich?" Millicent versuchte zu tun, als sei ihr das gleichgültig, aber sie zuckte trotzdem zusammen. Es kränkte sie immer, daß es Menschen gab, die Katzen nicht mochten. Mutter hatte natürlich ihre Allergie, aber auch ihre großen Brüder machten sich nichts aus Katzen. Männer schienen Hunde vorzuziehen.

Vielleicht war ihrem Gesicht anzusehen, was sie dachte, denn Sarah sagte: „Mutter meint, es ist kein Wunder, daß du so verrückt nach Katzen bist. Weil du nur mit deiner Mutter zusammenlebst und mit einem großen, erwachsenen Bruder, der auf die Uni geht. Und weil du soviel jünger bist als deine zwei Brüder. Mutter sagt, zwei Brüder, die so herumkommandieren, sind schlimmer als zwei Väter." Sarah kicherte. „Ich weiß allerdings nicht, wie du zu zwei Vätern kommen könntest!"

Millicent lächelte hinunter, aber sie war böse. Sie hätte gern dieses Alt-Großmutter-Lächeln von Sarahs Gesicht gewischt. „Na", sagte sie spitz, „du lebst mit deiner Mutter zusammen und mit einer Großmutter, und deine Schwester ist viel älter als du. Wo ist da ein Unterschied?"

„Ich weiß nicht", sagte Sarah ernsthaft. „Ich weiß nicht, wie das ist, wenn man mit Männern zusammenlebt. Aber so ist das mit dir, hat Mutter gesagt."

Millicent rief laut hinunter: „Warte, ich suche das Springseil."

Sie wandte sich vom Fenster, um in ihrem Zimmer zu suchen, doch ihre Gedanken waren bei Sarahs Familie und bei dem, was sie gesagt hatten. Erst nach einigen Sekunden fiel ihr ein, daß sie in der vergangenen Woche hier oben Seilspringen geübt hatte und von Carl in den Keller geschickt worden war. Er hatte behauptet, er könne nicht lernen, wenn das Haus um ihn herum zusammenbreche. Komisch, aber jetzt, wo Sarah davon gesprochen hatte, fand sie wirklich, daß Carl sie herumkommandierte. Als David noch zu Hause war, hatte auch er sie immer herumkommandiert – aber ernster, höflicher. Carl war nie höflich, aber er machte viel Spaß mit ihr, und so merkte man das Kommandieren nicht so sehr.

Oh, aber da stand sie nun und vertrödelte die Zeit, während unten Sarah wartete und das Grammophon offen stand und der Gartenkram überall herumlag. „Bist du noch da, Sarah?" rief sie.

„Ja, ich bin da, Milli", rief Sarah zurück. Ihre Stimme troff von Geduld.

„Entschuldige, ich habe gesucht", schrie Milli, „aber dann ist mir eingefallen, daß das Seil im Keller ist. Ich hole es und gebe es dir an der Kellertür, wenn du schon dort stehst."

Das Springseil hing noch über einem Stuhl an der Heizung. Millicent rollte es zusammen und hielt dann inne. Wenn sie an die Tür ging, könnte Sarah sehen, daß sie unter dem Bademantel Jeans trug, und sie würde wissen, daß der Bademantel nur eine Ausrede dafür war, nicht zum Spielen herauszukommen. Sarah war klug, wenn es um solche Dinge ging. Also warf sie ihr das Seil besser aus einem Kellerfenster zu.

Millicent kletterte auf die Werkbank und öffnete das Klappfenster darüber. „Sarah", rief sie, „hier bin ich, am Fenster." Sie warf das Seil hinaus und ließ das Fenster wie zufällig zuschlagen. Es fuhr wieder auf, und als Sarah angelaufen kam, rief Millicent hastig: „Jetzt muß ich mich beeilen, sonst bin ich mit dem Haarewaschen nicht fertig, bis Mutter zurückkommt." Sie wollte das Fenster verriegeln.

„Warte, Mill-iii", sagte Sarah weinerlich. „Ich habe etwas für dich. Zum Dank dafür, daß du uns mit deinem Springseil spielen läßt." Mit zwei Fingern schob sie das Fenster weiter auf, blinzelte kurzsichtig hinunter und ließ etwas in Millicents Hand fallen.

Selbst im Dunkel des Kellers glitzerte das kleine Ding. Millicent hielt es ans Fensterlicht. Es war eine Anstecknadel aus Email, eine blaue Katze mit einem winzigen, silbrigen Auge. Millicent

stieß einen Freudenschrei aus. „Oh, danke, Sa-rah!" Dann sprang sie rasch von der Werkbank.

Sarah hielt immer noch das Fenster offen. „Ich habe es für dich kommen lassen", sagte sie klagend. „Aber denk nur, eine *blaue* Katze! Was denen wohl noch alles einfallen wird?"

Millicent hielt mit einer Hand den Bademantel zusammen, lehnte sich an die Werkbank und zeigte Sarah, wie die Nadel an ihrem Kragen aussah. „Sie ist wunderschön, Sarah", sagte sie. „Blau! Das war wirklich nett von dir. Ich werde sie anstecken, sowie ich mir die Haare gewaschen habe und angezogen bin... Aber jetzt muß ich laufen. Mutter kann jeden Augenblick kommen."

Sie hatte das verzweifelte Gefühl, daß Mutter wirklich bald heimkommen würde. Und dann – morgen war schließlich Ostern – hätte sie keine Gelegenheit mehr, die Sache auszukundschaften. Mutter war immer zu Hause. „Ich muß jetzt gehen, Sarah", sagte sie hilflos.

„Die Anstecknadel ist zum Dank dafür, daß du mich und das neue Mädchen mit deinem Seil spielen läßt", fing Sarah wieder an. „Ich hab' sie schon seit zwei Wochen daheim, aber..."

Plötzlich konnte Millicent es nicht mehr aushalten. „Was war das?" unterbrach sie Sarah. „Das ist doch nicht meine Mutter an der vorderen Tür?"

Sarah sprang zurück und lief um das Haus. Das Fenster schwang leise zu. Millicent lief die Treppe hinauf und wartete hinter der Kellertür, wo sie nicht gesehen werden konnte. Wenn Sarah jetzt nur gehen würde – wirklich gehen!

Doch Sarah kam zurück. Sie stieß das Kellerfenster auf und rief: „Es war nicht deine Mutter, Milli. Es war überhaupt niemand."

Hinter der Tür hielt Millicent den Atem an.

Nach einer Pause sagte Sarah: „Milli, was gibt es bei euch an Ostern zum Mittagessen? Mama sagt, Schinken ist zu schwer, bei uns gibt es Gans."

Sarah war selbst eine Gans, wenn sie dachte, Millicent würde auf diesen alten Trick hereinfallen.

Das Fenster schwang zu, und endlich ging Sarah davon.

Hinter der Tür stand Millicent und lauschte. Sarah war raffiniert – war sie noch in der Einfahrt? Lange Zeit blieb es still, dann kam von draußen ein seltsamer, entfernt klingender, unterdrückter Schrei. Eine Katze – ein Kätzchen? Nein, es klang, als würde weit weg und halb erstickt ein Baby weinen. Jetzt hatte es aufgehört – vielleicht war es Sarah gewesen, die hinter der vorgehaltenen Hand eine Katze nachahmte, um sie herauszulocken. Als sie so ruhig stand, wurde sich Millicent der Stille im Haus bewußt. Es war wirklich ein bißchen zum Fürchten. Sie dachte an das metallische Klick-Klack der hartgepanzerten Käfer in der Schwärze unter der Veranda. Wenn es dort Käfer gab, würde es dann nicht auch Spinnen geben? Vielleicht riesige Waldspinnen, die fast so groß waren wie junge Mäuse. Und Mäuse! Und alle möglichen Arten von flachen, ekligen, haarigen Geschöpfen, die ihr zwischen die Finger geraten konnten, während sie durch den Schmutz krochen. Sie schauderte. Sollte sie noch einen Tag warten? Den Kram zurückwerfen in das Grammophon und die ganze Sache später erledigen?

Nein, wenn sie es überhaupt tun würde, dann jetzt. Mutter war so selten weg. Und es war Nachmittag – draußen war alles hell. Sie würde die Stranddecke nehmen, sie ausbreiten, vor sich herschieben und darauf weiterkriechen. Und außerdem hatte sie Carls große, starke Taschenlampe!

Droben in ihrem Zimmer packte Millicent die Taschenlampe, dann wollte sie aus ihrem Kleiderschrank die Stranddecke holen, doch sie stolperte über den langen Bademantel und fiel fast hin. Wütend zog sie ihn aus und durchwühlte den Schrank. Wahrscheinlich lag die Stranddecke mit den Sommersachen in den Schachteln auf den Regalen.

Endlich fand sie die Schachtel mit der Stranddecke. Darunter lag ihr alter Teddybär und ein langer, schmaler, dümmlich aussehender gelber Tiger. Also hier hatte Mutter sie verstaut! Als sie noch klein gewesen war, hatte sie ohne die beiden nicht einschlafen können. Eigentlich wäre es nett, sie mit unter die Veranda zu nehmen. Dort konnte niemand sie sehen, und sicher wäre es eine Art Trost, die alten Babysachen dabei zu haben.

Die Decke über der Schulter, die Taschenlampe in der Hand, den Tiger und den Teddybär unter einen Arm geklemmt, so lief Millicent die Treppe hinunter. Die Großvateruhr im Gang ließ vier Schläge ertönen. Millicent blieb stehen. Und wenn Mutter jetzt käme? Wenn sie durch die Hintergasse käme? Dann sähe sie den ganzen Gartenkram auf der Veranda und das Grammophon, das weit offen stand. Millicent biß sich auf die Lippe. Vielleicht wußte Mutter gar nichts von dem falschen Boden, den Vater angefertigt hatte, damit man heimlich unter die Veranda kommen konnte. Er war kurz danach gestorben, hatte Mutter gesagt. Vielleicht war er gestorben, ohne jemandem davon zu erzählen, und kein Mensch wußte davon? Außer ihr jetzt, und sie hatte es durch Zufall erfahren. In der ganzen Welt wußte nur sie es.

Vom harten Ticken der Uhr abgesehen, schien das ganze Haus zu warten, während sie am Treppengeländer lehnte. Und obwohl die Uhr tickte, kam ihr das Haus stiller vor als je zuvor – so still wie die Dunkelheit, die unter der Veranda wartete.

Die Uhr tickte weiter. Plötzlich richtete Millicent sich auf. Sie war töricht, redete sich eine törichte Furcht ein. Sie hatte die Taschenlampe – sie würde nicht im Dunkeln sein, und wenn sie zuerst ihre Sachen hinunterwarf, konnte sie ihnen nachgehen. Wenn sie die Decke mit dem Tiger und dem Teddybär vor sich herschob, würde sie sich sicher fühlen. Natürlich, sie hatte die Taschenlampe, und im Licht war alles sicher.

Millicent kniete vor dem Grammophon auf der hinteren Veranda und knipste die Taschenlampe an, nachdem sie die Stranddecke so weit wie möglich ausgebreitet und hinuntergeworfen hatte. Das starke Licht beschien grell den dunklen, modrigen Lehmboden, doch es strahlte so weit, daß Millicent die halbmondförmige Öffnung in der Querwand unter der Veranda sehen konnte. Das war also der Zugang zu dem Geheimversteck. Sie schaute nicht mehr hin, sondern warf eilig den hellen gelben Tiger und den struppigen, abgenutzten Teddybär mitten auf die ausgebreitete Decke.

Jetzt im Licht sah sie keinen einzigen Käfer, nichts bewegte sich. Aber vielleicht versteckten sich die schrecklichen Dinger, die da im Dunkeln leben mochten, bis sie wieder vom Dunkel umhüllt waren. Plötzlich fühlte Millicent, daß etwas außerhalb des Grammophons an ihr Knie drückte. Es war Mutters Sprühpistole. Sie nahm sie und schüttelte sie an ihrem Ohr. Es war noch genug Sprühmittel darin. Wenn das kein glücklicher Zufall war! Herrlich, wenn auch die Sprühpistole unten auf sie wartete! Sie warf sie durch die Öffnung.

Dann machte sie wieder die Taschenlampe an. Die Sprühpistole war neben den langen, mageren Tiger gefallen, der auf seiner Seite lag. Doch der Teddybär war in sitzender Haltung neben dem Tiger gelandet und sah mit dem zurückgeneigten Kopf und den hochgerichteten schwarzen Knopfaugen aus, als wartete er auf sie. In diesem Augenblick wurden Haus und Veranda von einem knallenden Krach erschüttert. Er kam so plötzlich, daß Millicent vor Schreck die Taschenlampe fallen ließ. Sie schlug klirrend gegen die Sprühpistole, prallte ab, kullerte weiter und erlosch.

Wenn nun die Birne zerbrochen war? Millicent hatte keine Zeit, darüber nachzudenken. Sie wußte, Mutter war zurück. Mit Paketen beladen hatte sie die Tür nicht halten können, und die war mit einem Krach an die Wand geschlagen, der das Haus erschütterte.

Millicent schob den falschen Boden wieder an

seinen Platz, warf die Gartenwerkzeuge in den Schrank und zog rasch die Efeuranken über die geschlossene Schranktür. Hoffentlich wirkten sie unverändert! Dann lief sie in die Küche und verriegelte die Hintertür.

Von unten kam kein Laut. Mutter mußte direkt in ihr Zimmer gegangen sein, um sich umzuziehen. Ja, ihre Pakete lagen auf dem Tisch in der Diele. Millicent schlich die Treppe hinauf, schlüpfte in ihr Zimmer und schloß die Tür.

Hinter der sicher verschlossenen Tür holte Millicent tief Luft, dann tanzte sie plötzlich rund um ihr Bett. Ach, alles war so gut ausgegangen, alles hatte geklappt, außer vielleicht die Sache mit der Taschenlampe. Alles war erledigt. Sie war nicht unter die Veranda gekommen, aber vielleicht war es so sogar besser. Jetzt konnte sie sich an den Gedanken gewöhnen. Und morgen war Ostern, und Sally würde kommen. Sie mochte Sally, vielleicht könnte sie ihr von ihrem Geheimnis erzählen. Es wäre schwierig, nicht davon zu reden. Den ganzen Tag über wäre da das Geheimnis, das an ihre Zähne klopfte. Es würde schwierig sein, den Mund zu halten. Sie nahm sich vor, abzuwarten und zu beobachten, herauszufinden, ob sie Sally das Geheimnis anvertrauen könnte.

Millicent tanzte noch einmal quer durch ihr Zimmer. Plötzlich rief Mutter vom Gang her: „Mimi, bist du schon wieder beim Seilspringen?"

Millicent tanzte zur Tür und riß sie auf. „Nein, ich tanze nur, weil morgen Ostern ist. Mutter, hast du mir was Neues für Ostern gekauft?"

Mutter war schon halb die Treppe hinunter. Sie schaute über ihre Schulter zurück und lächelte. „Viel ist es nicht... Warst du auch brav?"

„Brav wie eine Puppe", sagte Millicent strahlend und dachte an den Teddybär, der mit dem hellen Tiger unter der dunklen Veranda saß. „Brav wie eine Puppe, lieb wie ein Teddybär! Muuuh!"

„Du bringst das ganze Tierreich durcheinander", sagte Mutter. „Das klang wie eine Kuh, und ich bin ziemlich sicher, daß Bären nicht muhen."

Millicent lachte und tanzte ihrer Mutter nach.

Oliven sind Eier

Millicent setzte sich mit klopfendem Herzen im Bett auf. Etwas hatte sie wachgeschreckt. Etwas aus dem Geheimversteck unter der Veranda? Dann stieg Klagegeschrei von der Einfahrt herauf durch das offene Fenster. Ach, Katzen! Kämpfende Katzen in der Nacht – die hatten sie geweckt. Jetzt hörte sie das bedrängte Miauen einer jungen Katze, die sich aus dem Kampf zurückzog. Die andere Katze jagte ihr nach. Die junge stieß einen entsetzten Schrei aus, und dann ertönte ein Krachen wie von einer Tür oder einem Fenster, das zugeschlagen wurde. Danach war alles still.

Millicent sprang aus dem Bett und lief ans Fenster. Es hatte geklungen, als wäre die junge Katze von der anderen gegen die Kellertür geworfen worden. Vielleicht war sie verletzt! Millicent beugte sich weit aus dem Fenster und rief immer wieder leise: „Miez, Miez!"

Nichts antwortete, nichts bewegte sich, und in der schwarzen Nacht sah sie nichts als einen schimmernden Wasserstreifen auf der asphaltierten Einfahrt. Irgendwann in der Nacht mußte es geregnet haben.

Schließlich hörte sie auf zu rufen. Die Katze war verschwunden. Aber Millicent, noch verstört durch ihr plötzliches Erwachen, hatte keine Lust, wieder ins Bett zu gehen – wenigstens nicht gleich. Sie öffnete ihre Zimmertür und schlich den Gang entlang in der Hoffnung, von der Treppe aus die Zeit auf der Großvateruhr erkennen zu können. Als sie an Carls Zimmer vorbeikam, hörte sie ihn schnarchen. Es war ein freundliches, behütetes Geräusch.

Sie beugte sich über das Treppengeländer und schaute hinunter in das dunkle Wohnzimmer, doch das weiße Zifferblatt der großen Uhr war ein umrißloses Nichts, von dem ein schweres Tick-Tack ausging.

Zuerst sah das Wohnzimmer aus wie ein flacher schwarzer Teich, doch als sie eine Zeitlang hineingestarrt hatte, hob sich der weiße Rand der glänzendbraunen Treppe aus dem Dunkel. Dann nahmen die Möbelstücke allmählich ihre bekannte Gestalt an. Der Schrecken über das plötzliche Erwachen begann zu schwinden.

Es kratzte und surrte, und dann schlug die Uhr. Fünf! Also war schon Ostern. Ostern hatte angefangen. Dann mußte schon jetzt hinter der Säule am letzten Treppenabsatz ihr Osterkorb stehen. Millicent beugte sich hinab und spähte, aber sie konnte nichts sehen, und sie wagte keinen Schritt in die Dunkelheit. Natürlich, mit dem Katzenkampf hatte es angefangen, aber als sie jetzt hinunter in die Schwärze schaute, wußte sie, daß die Entdeckung des Geheimverstecks unter der Veranda das ganze Haus geheimnisvoll und unheimlich gemacht hatte. Nicht einmal der Osterkorb konnte sie dazu bewegen, hinunterzugehen.

Während sie so am Treppengeländer lehnte, fiel Millicent ein, wie es zu dem Osterkorb gekommen war. Sie lächelte. In jenem Jahr war Mutter krank gewesen, und David und Carl versuchten, nach dem Rechten zu sehen. Aber als sie am Abend vor Ostern Ostereier kaufen wollten, waren sie in allen Läden ausverkauft. David studierte Zahnmedizin, und er hatte sich überlegt: Da Zuckereier schlecht für die Zähne waren und es sowieso keine Ostereier mehr gab, würden sie etwas Eiförmiges besorgen. Sie entschieden sich für Riesenoliven. Dann hatten sie ein leicht zerdrücktes, hohles Schokoladehäschen gefunden, und das und ein flaumiges Spielzeugkätzchen hatten im Korb auf einem Nest voll großer Oliven gesessen – beide mit etwas feuchten Unterteilen.

Millicent grinste, als sie an den Schock der ersten Olive dachte. Sie hatte Stücke aus dem Schokoladehasen gebrochen und gegessen, bis nichts mehr von ihm übrig war. Dann, immer noch voll Appetit auf Süßigkeiten, hatte sie eine Olive in den Mund gesteckt. Brrr! Sie erinnerte sich immer noch an den merkwürdigen Geschmack und an ihre Enttäuschung, aber als sie die riesige Olive gegessen hatte, wußte sie, daß sie den Geschmack mochte. Wenn jetzt der Korb, der unten auf sie wartete, voller Zuckereier statt voller Oliven war, dann wäre sie bitter enttäuscht.

Während sie so vor sich hinträumte, merkte Millicent, daß Carl jetzt lauter schnarchte. Das klang komisch. Eigentlich sollte sie ihn morgen damit aufziehen – sonst zog er ständig sie auf! Auf seinen Beistand zählte sie immer, wenn sie Hilfe brauchte. David war viel älter als sie, und während seiner Ausbildung zum Zahnarzt war er lange fort gewesen. Jetzt hatte er seine eigene Praxis und seine eigene Wohnung, denn während er fort war, hatte er Sally geheiratet. Auf dem Schulweg kam Millicent an ihrem Haus vorbei, und Sally hatte sie eingeladen, zu ihr zum Mittagessen zu kommen, wenn es ihr in der Schulcafeteria nicht mehr schmeckte. Sally war nett. Es machte Spaß, eine große Schwester zu haben, doch sie kannte Sally noch nicht sehr gut.

Du meine Güte, schon der Gedanke an Mittagessen hatte sie so hungrig gemacht, daß sie vielleicht doch hinuntergehen und den Korb holen mußte.

Sie zögerte, und als ihr Fuß gerade die oberste Treppenstufe berührte, hörte Carl auf zu schnarchen. Es war, als säße er im Bett und horchte.

Genau in diesem Moment drang in die neue Stille ein Laut wie ein Keuchen oder ein hastig unterdrücktes Gähnen. Langsam zog Millicent ihren Fuß zurück. Mit beiden Händen umklammerte sie das Geländer und lauschte. Der Laut wiederholte sich nicht, und nach einem Augenblick begann Carl wieder zu schnarchen. Jetzt verdrängte das Geheimversteck alles andere aus Millicents Gedanken. Leise wich sie rückwärts von der Treppe zurück, sie wagte nicht, dem, was da unten war, den Rücken zu kehren. Sie konnte das leichte Schlurfen ihrer nackten Füße hören, die über den Gangläufer glitten. Stunden schienen vergangen, bis sie an Carls Tür kam. Vorsichtig, leise griff sie hinter sich und öffnete Carls Tür um einen Spalt. Jetzt konnte sie in seinem Zimmer verschwinden, wenn das, was den Laut von sich gegeben hatte, heraufkommen sollte.

Mit dem Rücken zum Türspalt erstarrte sie vor Entsetzen, denn plötzlich konnte sie den erdigen, modrigen Geruch des Geheimverstecks unter der Veranda riechen. Sie konnte nicht nur diesen toten Geruch riechen, sondern sie schien auch eine riesige, haarige Hand zu sehen, die den Boden des Grammophons aufstieß und langsam, Zentimeter um gräßlichen Zentimeter, sich herauswand und geräuschlos ins Haus schlich. Das Ding, das unter der Veranda lebte, war im Haus!

Unter ihrem Gewicht öffnete sich Carls Tür weiter, und schwach vor Erleichterung erkannte sie den stickigen Geruch. Carl schlief immer bei geschlossenem Fenster, und oft warf er seine schweißgetränkten Tennissachen einfach auf den Boden. Danach roch es! Wie erlöst schloß Millicent leise die Tür und lehnte sich dagegen. Immer jagte sie sich so eine törichte Angst ein! Jetzt erinnerte sie sich daran, daß Mutter oft hinunterging und sich auf die Couch im Wohnzimmer legte, wenn sie nicht schlafen konnte. Natürlich war es Mutter gewesen, die gegähnt hatte.

Schwache Schnarchtöne begannen sich mit den schweren von Carl zu vereinen. Aber das war Mutter! Das war Mutter in ihrem eigenen Zimmer. Was war dann unten im Dunkeln?

Vor Angst konnte sich Millicent nicht rühren. Ihre Gedanken liefen hin und her wie kleine Käfer, als ihr jetzt einfiel, daß sie nach ihrem Gespräch mit Sarah das Kellerfenster nicht verriegelt hatte. Das Ding mußte über die Veranda gekommen sein und sich durch das Kellerfenster ins Haus geschlichen haben.

In diesem Augenblick drang der Laut wieder

herauf. Millicent hielt den Atem an. Die Stille wuchs. Was immer da unten auch sein mochte, es belauerte sie. Sie durfte nicht atmen, durfte keine Bewegung machen. Doch schließlich konnte sie nicht länger die Luft anhalten, und sie atmete mit einem harten, keuchenden Laut aus. Sofort kam aus den dunklen Tiefen ein kleines, fragendes Miau.

Eine *Katze!* Es war eine Katze! Eine Katze war dort unten – ein Kätzchen!

Wieder ertönte das fragende Miau, und Millicent machte das Ganglicht an und eilte die Treppe hinunter. Dort, neben der Treppenbiegung, stand ihr Osterkorb, und dort, genau darunter, saß ein Kätzchen! Seine großen blauen Augen schauten auf zu ihr. Mit einem schmeichelnden Laut kauerte sie sich daneben und nahm es in die Arme. Im ersten Moment genügte es, das Gesicht an das weiche Fell zu schmiegen, doch dann hielt sie das Tierchen von sich weg und betrachtete es ungläubig. Es hatte blaue Augen! Sie glitzerten wie Edelsteine. Die Ohren und das verschmierte kleine Gesicht waren graublau. Alles Übrige, vom Schwanz und von den Beinen abgesehen, war

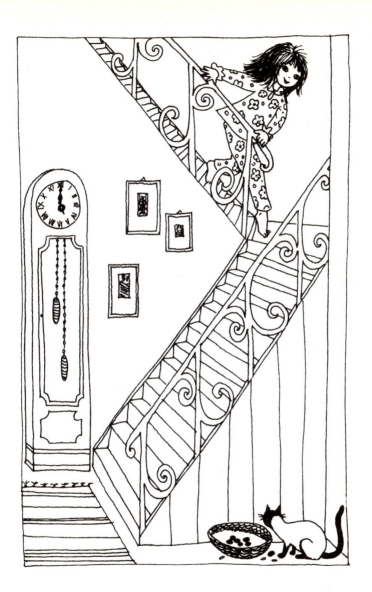

cremig weiß. „Oh, was bist du hübsch", flüsterte sie, doch die kleine Katze entwand sich ihrem Griff. Millicent schoß ihr nach, aber als sie den Fuß aufsetzte, trat sie auf etwas Scharfes und stieß einen unterdrückten Schrei aus. Das erschreckte Kätzchen lief zur Küche.

Millicent setzte sich, um das aus ihrem Fuß zu ziehen, was sie hineingetreten hatte. Es war ein zersplitterter, spitzer Olivenstein. Sie tastete unter der Stufe umher und fand ein Steinhäufchen auf dem Teppich. Die Katze hatte die Oliven aus dem Osterkorb geholt und sie gefressen – sie hatte sogar das Innere aus den Steinen gefressen, die zersplittert waren. Eine blaue Katze, die Oliven fraß!

Millicent hinkte in die Küche. Das Kätzchen saß im Spülbecken und drehte den Kopf zum Wasserhahn. Als Millicent kam, ließ es ein klagendes Miau hören. Dann, ungeduldig, weil sie nicht zu verstehen schien, was es wollte, miaute es so heftig und heiser, daß sie fürchtete, das ganze Haus würde aufwachen. Die Katze wollte Wasser, und sie wollte es jetzt! Kein Wunder, nach all den Oliven! Millicent lief quer durch die Küche zu ihr.

„Oh, du bist schön", flüsterte sie. Die Katze hatte nur Augen für den Wasserhahn. Millicent drehte den Hahn so schwach auf, daß das Wasser nur langsam tropfte und die Katze unmöglich zuviel davon in die Kehle bekommen konnte. Sie öffnete das Schnäuzchen und trank gierig.

„Blau, du bist blau!" Sie konnte es kaum glauben. „Blaues Wunder! So sollst du heißen – und du gehörst mir."

Das Wasser, das ins Spülbecken tropfte, war wie eine Taufe. „Mir", sagte sie noch einmal, als sie das Kätzchen hochnahm, das Licht ausmachte und die Treppe hinauf in ihr Zimmer lief. Als sie es auf ihr Bett niedersetzte, hob es die wasserfeuchten Lippen und berührte damit ihr Kinn.

Millicent war nahezu aufgelöst, als sie mit ihm auf das Bett sank. Unten schlug die Großvateruhr die halbe Stunde. Millicent hörte es nicht.

Die Stimme eines Wunders

Niemand durfte wissen, daß sie die kleine Katze gefunden hatte, sonst würde sie allen die Oster-überraschung verderben. Später, bevor noch jemand aufgestanden war, würde sie das Kätzchen ins Wohnzimmer zurücktragen. Oh, aber es war wirklich ein Wunder! Voll Andacht betrachtete sie das zusammengerollte blaue Bündel. Sie konnte immer noch nicht glauben, daß es ihr ge-hörte. Es schien unmöglich. Unter all den streu-nenden Kätzchen, die sie gefüttert und mit denen sie gespielt hatte, war nie eines wie das hier ge-wesen – blau und cremefarben, mit blauen Augen wie Edelsteinen. Nun, Blaues Wunder war natürlich kein Streuner. Es war königlich! Eine solche Katze fand man nie in einer Hinter-gasse!

Millicent legte sich zurück und streckte sich in voller Länge neben ihm aus. Alles war jetzt unglaublich gut. Der Morgen, der so beängstigend mit dem Schreck über den Katzenkampf begonnen hatte, schien sie jetzt mild vor Glück zu umhüllen. Eine Katze – ein Kätzchen! Ihr eigenes.

Wie war das möglich? Millicent schaute in glücklicher Verwirrung zu der geschlossenen Tür hinüber, als wollte sie fragen, wie es geschehen konnte, daß sie eine Katze bekam. Wer hatte gewußt, daß es eine Katzenart gab, die nicht Mutters Allergie auslöste? Wieder betrachtete sie Blaues Wunder. Es *war* anders.

Bis jetzt hatte sie nie über die verschiedenen Katzenarten nachgedacht. Sie hatte sich um Kätzchen gekümmert, hatte sie gefüttert und mit ihnen gespielt, und wichtig war nur gewesen, daß die Katzen sie brauchten. Blaues Wunder brauchte sie nicht. Sie brauchte es. Aber sie hatte es, sagte sie sich stolz.

Es war so früh, daß sie noch stundenlang warten mußte, bis sie Mutter wegen der Katze fragen konnte. Immerhin, Mutter hatte einen leichten Schlaf, vielleicht lag sie gerade jetzt wach. Konnte sie nicht Blaues Wunder nehmen und nach-

schauen? Allein die Vorstellung, sich mit einer Katze an Mutter zu kuscheln! Sie hatte tausend Fragen zu Blaues Wunder. Wer war darauf gekommen? Sicher war Sally es gewesen, die gewußt hatte, daß Blaues Wunder die Allergie nicht auslöste. Aber alle, Mutter und Carl, David und Sally, hatten diese Überraschung geplant. Aber so sehr sie sich auch danach sehnte, ihre Fragen loszuwerden, so genau wußte Millicent doch, daß sie ihre Mutter nicht wecken durfte. Sie betrachtete das Kätzchen. Auch es durfte nicht geweckt werden. Es hatte eine seltsame Nacht in einem fremden Haus verbracht – es brauchte seinen Schlaf. Aber Millicent konnte kaum mehr still liegen – es war unmöglich. Sie mußte mit jemandem reden.

Sie schlüpfte aus dem Bett, ging auf Zehenspitzen zum Fenster, schob die Vorhänge zur Seite und schaute hinaus in die Dunkelheit, wo zwischen Häusern eine Straßenlaterne brannte und schwach einen Hinterhof beleuchtete. Das war Sarahs Hinterhof.

„Sarah", flüsterte sie. „Es *gibt* blaue Katzen, und ich habe eine bekommen. Sie ist hier bei mir in meinem Zimmer. Meine Familie hat sie mir geschenkt. Das ist die größte Überraschung, die ich je erlebt habe."

Sie hatte leise der weit entfernten, schlafenden Sarah ihre Neuigkeit mitgeteilt. Dann ging sie verwirrt zurück zum Bett, legte sich nieder, stützte genau über dem Kätzchen das Kinn in die Hände und schaute und freute sich und träumte. Wie hatte die Familie es geschafft, alles so geheim zu halten? Wie hatten sie es fertig gebracht, daß die kleine Katze die ganze Nacht über still gewesen war? Sicher hatten David und Sally sie bei sich zu Hause gehabt, bis Millicent schlafen gegangen war. Sie sah geradezu vor sich, wie Mutter Blaues Wunder in den Osterkorb setzte und ganz aufgeregt darüber war, daß sie eine Katze im Arm halten konnte. Dann hatte sie bestimmt als allerletztes Blaues Wunder gefüttert, damit es ruhig schlafen konnte.

Millicent drehte sich im Bett herum und umarmte sich selbst. Die Worte sangen sich wie von alleine: „Das Wunder am Ostermorgen!"

Und wie sonderbar, daß es mit einem Katzenkampf begonnen hatte! Einem so wilden Kampf, daß eine Katze die andere so fest gegen das Haus geworfen hatte, daß es geklungen hatte wie eine zugeworfene Tür.

Eine Tür ... ein Fenster? Etwas Kaltes und Schwarzes legte sich schwer um sie und hüllte sie ein. Ihr ganzes Glück stürzte zusammen. Worte stotterten sich zu Sätzen: „Niemand hat dir Blaues Wunder gegeben. Blaues Wunder ist durch das Fenster geschleudert worden, das Fenster, das du gestern nicht verriegelt hast."

Als ob sie einen Beweis gesucht hätte, sah sie ein Klümpchen getrocknetes Blut an der aufgerissenen Spitze des Katzenohrs. Ja, Blaues Wunder hatte diesen Kampf mitgemacht – aber sie mußte es genau wissen, sie mußte hinunter zu dem Fenster. Als sie leise die Tür hinter sich schloß, schaute sie noch einmal zurück durch den Spalt, doch die kleine Katze schlief ungestört weiter.

Millicent schlich lautlos die Treppe hinunter und schnappte gegen ihren Willen laut nach Luft, als sie barfuß auf das schlüpfrige, auseinanderrollende Häufchen zerkauter, angenagter Olivensteine trat. Ängstlich lauschte sie, doch im ganzen Haus war kein Laut zu hören. Niedergeschlagen rieb sie sich am Teppich den Fuß trocken – und da war sie so stolz darauf gewesen, daß ihr Kätzchen genau wie sie Oliven mochte. Mochte! Es war so ausgehungert gewesen, daß es alles gefressen hätte.

Sie lief in den Keller und kletterte auf die Werkbank. Nein, das Fenster war nicht verriegelt. Und sie konnte es genau wie Sarah leicht mit einem Finger aufhalten. Sie fuhr mit den Fingerspitzen die Unterseite des Fensterrahmens entlang. Hier klebten feuchte Haare. Sie waren blaugrau! Es gab überhaupt keinen Zweifel. Die junge Katze war Blaues Wunder gewesen. Sein Haar war es, das von dem herunterfallenden Klappfenster abgescheuert worden war, als das Kätzchen in den Keller fiel.

Die traurige Wahrheit schien Millicent jetzt fast zu überfluten. Niemand hatte ihr Blaues Wunder geschenkt. Auch wenn es königlich aussah, war es doch nur ein heimatloses Kätzchen wie alle anderen in der Hintergasse – von den großen, wilden Katzen vertrieben, gejagt und geschlagen.

In diesem Augenblick hörte sie von oben ein hohes, wildes, unheimliches Geschrei. Die Schreie wurden immer stärker – das konnte nichts anderes als Blaues Wunder sein.

Sie rannte die Treppe hinauf und hoffte nur, daß Mutter oder Carl annahmen, die Schreie kämen von kämpfenden Katzen draußen. Sie stieß ihre Zimmertür auf und nahm Blaues Wunder mit einer ängstlichen, raschen Bewegung hoch. Schwach vor Angst sank sie mit ihm auf die Bettkante. Das Kätzchen streckte sich und rieb seinen Kopf und seine kalte, feuchte Nase an ihrer Wange.

Es schnurrte aufgeregt, unregelmäßig und heiser, als wollte es ihr sagen, wie froh es sei, daß sie wieder da war.

„Blaues Wunder, Blaues Wunder", flüsterte Millicent ihm ins Ohr. „Ich werde dich nie mehr verlassen! Du gehörst mir, und du wirst immer mir gehören."

Aber trotz all ihrer wilden Versprechungen fiel ihr nichts ein, was sie tun konnte, außer die Tür abzuschließen. Zu ihrem Erstaunen blieb das Haus still. Nichts geschah, niemand kam. Aber was half es, wenn sie sich einschloß? Wegen Mutters Allergie konnte sie das Kätzchen nicht behalten. Und wegen seiner lauten Stimme konnte sie es nicht verstecken.

Dann wurde ihr plötzlich klar, daß sie gestern Blaues Wunder gehört hatte, als sie auf der Kellertreppe stand und darauf wartete, daß Sarah ging. Das war nicht Sarah gewesen, die eine Katze imitiert hatte – Blaues Wunder war es gewesen. Es hatte nicht wie eine Katze geklungen, eher wie ein Baby – nein, mehr wie eine kleine Ziege! Bei diesem elenden, mißglückten kleinen Witz fing Millicent an zu weinen. Blaues Wunder legte ihr fragend eine Pfote an die zitternde Wange. Sie drückte es an sich und hörte auf zu weinen. Sie mußte etwas tun. Mit dem Kätzchen im Arm stand sie auf und drehte den Schlüssel in ihrer Tür wieder herum. Blaues Wunder würde nur still sein, wenn es bei ihr war, und sie mußte das Olivendurcheinander beseitigen, das es im Wohnzimmer hinterlassen hatte.

Als sie Blaues Wunder noch für ein Ostergeschenk gehalten hatte, da hatte sie geglaubt, es sei die Nacht über ruhig gewesen, weil man es zuvor gefüttert hätte. Nun, sie würde es jetzt wirklich füttern. Mit Blaues Wunder im Arm schlich sie die Treppe hinunter.

So, das mußte nun der letzte abgenagte Olivenstein sein. Millicent warf ihn in den verwüsteten Osterkorb und sah sich um. Dort, halb unter dem Stuhl – Blaues Wunder mußte damit gespielt haben – lag die Plüschkatze, die man ihr zu Ostern gekauft hatte. Wenn sie noch einen Beweis gebraucht hätte, dann diesen. Ein Glück, daß sie das Spielzeugkätzchen gesehen hatte. Sie hob es auf und setzte es zu Blaues Wunder auf ihren Arm. Dann schaute sie sich noch einmal um, aber dieses

Jahr schien es keinen Schokoladehasen zu geben. Außer, das Kätzchen hätte ihn gefressen. Es war so ausgehungert, daß sie ihm das zutraute. Aber jetzt wollte sie es wirklich füttern.

Sie schob die Küchentür auf, holte einen großen Klumpen Hackfleisch aus dem Kühlschrank und klatschte ihn auf die Olivensteine im Korb. Dann ging sie die Treppe hinauf, das Kätzchen fest im Arm, die Plüschkatze halb daruntergeschoben. Doch nach wenigen Stufen sprang Blaues Wunder mit einem heftigen Satz von ihrem Arm in den Korb, suchte mit allen vier Pfoten Halt an seinem Rand und ließ sich hinauftragen, während es das Fleisch hinunterschlang.

Der Osterkorb mit seinem seltsamen Inhalt von Olivensteinen, Hackfleisch und schlingendem Kätzchen stieß hart an Millicents Bein, als sie in ihr Zimmer schlüpfte.

Die Ratten an der Dachrinne

Millicent lehnte an ihrer Zimmertür und wartete. Sie mußte warten, bis die große Hackfleischmahlzeit ihre Wirkung tat und Blaues Wunder einschlief. Wenn es wieder anfing zu schreien ...

„Ich muß mir einen Plan ausdenken", sagte sie vor sich hin. „Es muß mir etwas einfallen." Sie konnte keine Katze in dem Haus behalten, in dem Mutter lebte, also überlegte sie sich am besten zuerst, wohin sie das Kätzchen bringen könnte. Aber wohin? Unter die Veranda? Der Raum dort war durch die Grundmauer vom Haus getrennt – konnte sie vielleicht dort Blaues Wunder verstecken?

Nicht mit seiner Stimme! Blaues Wunder würde schreien und schreien und sich überhaupt nicht beruhigen, es sei denn, sie bliebe bei ihm dort unten. Sobald Mutter und Carl aufgestanden waren, würden sie die Katze hören.

Blaues Wunder auf dem Bett rülpste, doch statt aufzuwachen, versank es in noch tieferen Schlaf. Millicent betrachtete es mit mütterlichem Wohlgefallen. Das Kätzchen war so ausgehungert gewesen, daß es nach all den Oliven auch noch das ganze Hackfleisch gefressen hatte. Jetzt war es eine so satte kleine Katze, daß es wahrscheinlich schlafen und schlafen und noch nicht einmal daran denken würde zu miauen. Vielleicht würde es noch besser schlafen, wenn sie es zudeckte.

Sie ging zum Bett, legte ihre Kissen zu beiden Seiten der Katze und zog behutsam die Decke darüber. Dann schloß sie die Tür ab.

Jetzt blieben sie ungestört. Sie hob einen Deckenzipfel und spähte in den Kissentunnel. Blaues Wunder öffnete ein Auge, sah sie unwillig an, legte sich langsam eine Pfote übers Gesicht und schlief wieder ein.

Millicent deckte es sorgsam wieder zu.

Aber was sollte sie nur tun? Wohin konnte sie mit der Katze gehen? Sie dachte an die Falltür zum Speicher in der Decke ihres Wandschranks. Konnte sie Blaues Wunder dort verstecken? Nein, dann würde es direkt über den Schlafzimmern von

Mutter und Carl jammern. Sie öffnete den Wandschrank und betrachtete die kleine Falltür. Sie
hatte so wenig Zeit – sie mußte sich einen Plan
ausdenken, der funktionierte.

Drunten schlug die Uhr sechs, es klang wie
eine ernste Warnung. Eine ganze Stunde war vergangen, und nichts Vernünftiges war ihr eingefallen. Wenn sie Blaues Wunder behalten wollte –
und das wollte sie –, dann mußte sie ein Versteck
finden, und das Versteck mußte außerhalb des
Hauses sein. Sie kannte nur einen solchen Ort –
das Lagerhaus in der Hintergasse. Seit Jahren war
es unbenutzt und verschlossen, doch an seiner
Rückseite war ein kleines Loch. Nur sie und die
Katzen aus der Nachbarschaft kannten diesen
Weg in das düstere alte Gebäude. Ob sie Blaues
Wunder dort verstecken konnte?

Sie hatte ihrer Mutter vor langer Zeit versprochen – es mußte schon zwei Jahre her sein –,
daß sie nie mehr auch nur in die Nähe des Lagerhauses gehen würde. So lange sie lebte nicht!
„Ehrenwort, Mama."

Millicent ging zum Fenster und zog die Vorhänge auf. Es war noch grau draußen, aber sie

konnte das steile Dach des alten Lagerhauses erkennen, das sich in dem regenverhangenen Morgen über die anderen Gebäude erhob. Sie stand da und erinnerte sich daran, was Mutter voller Angst gesagt hatte, als sie ihre Tochter hinter dem alten Gebäude entdeckt hatte. „Versprich es mir, Mimi! Du mußt es mir versprechen! Du verstehst das noch nicht, aber es ist gefährlich für kleine Mädchen, in leere Häuser zu gehen. Landstreicher und Penner und alle möglichen schlimmen Männer kommen dahin, um sich zu verstecken und zu schlafen. Du könntest getötet werden! Millicent, ich weiß, wie sehr du ein Kätzchen brauchst, aber du darfst keines in einem so schrecklichen Haus halten, selbst wenn du zu Hause keines haben kannst – es ist zu gefährlich. Ich wollte, es wäre anders, aber ich habe meine Allergie, und ich kann wirklich nichts dafür." Die Worte ihrer Mutter hatten Millicent so erschreckt, daß sie alles versprach. Sie war nie wieder in das Lagerhaus gegangen.

„Eines Tages", versprach Mutter immer wieder, „eines Tages werde ich meine Allergie los sein." Aber dieser Tag war nie gekommen, und so hatte sich Millicent damit zufrieden gegeben, die Katzen draußen in der Hintergasse heimlich zu füttern und mit ihnen zu spielen.

Aber jetzt! Es war so ausweglos jetzt – wenn sie jetzt mit dem Kätzchen zum Lagerhaus ginge? Da sie nie wieder hingegangen war, würde Mutter sehr wahrscheinlich gar nicht an das Lagerhaus denken. Wenn sie Blaues Wunder dort versteckte, wäre es in der Nähe, sie könnte es füttern und jeden Tag mit ihm spielen. Und jeden Abend würde sie es in einem der kleinen Räume auf dem Dachboden des Lagerhauses einschließen.

Als sie jetzt zu dem Lagerhausdach hinüberstarrte, konnte sie das ganze leere Gebäude in Gedanken vor sich sehen. Das Kriechloch mußte immer noch an der Rückseite sein, es war so versteckt gewesen hinter Unkraut und einem kleinen Ölkanister, der zwischen der Mauer und einem kümmerlichen, verwachsenen Baum eingekeilt war.

Sie hatte das Loch in der Mauer gefunden, als sie einer ganz weißen Katze nachgegangen war. Die Katze war hinter das dichte Gestrüpp an der Lagerhausmauer gesprungen, und als sie gerade die Hände ausgestreckt hatte, um sie zu packen, war die Katze im Haus verschwunden.

Die Katze – die erste ganz weiße Katze, die sie je gesehen hatte – war so wunderschön gewesen, daß Millicent es nicht ertragen konnte, sie zu verlieren. So klein sie damals auch noch gewesen war, sie hatte den Ölkanister hinter dem Baum hervorgezerrt und war der Katze nachgekrochen. Und so war sie in den großen, stillen, düsteren Raum gekommen, das leere Lagerhaus. Nichts hatte sich geregt, und hinter den hohen, schmalen, schmutzigen Fenstern voller Spinnweben hatte ein ruhiges Licht geschimmert wie in einer Kirche.

Die weiße Katze hatte mitten auf dem großen, staubigen Boden gesessen – dort hatte sie gesessen, den Kopf umgewandt, und Millicent entgegengeschaut, als sie hereinkroch. Und dann hatte sie Ratten gehört! Die Katze war die wackelige Treppe hinaufgesaust zu der Galerie, die auf einer Seite des riesigen Raumes angebracht war. In einem der Räume dort oben war sie verschwunden. Dann hatte Millicent das entsetzte Trippeln so vieler Rattenfüße gehört, daß es in

dem hohlen, hallenden Gebäude wie Donner geklungen hatte. Doch dann wurde das wilde Gerenne von einer beängstigenden Stille unterbrochen, und aus dieser Stille kam ein durchdringender Schrei.

Millicent hatte um eine einzelne Katze gebangt, die einer donnernden Armee von Ratten gegenüberstand. Sie war die wackelige Treppe hinaufgerannt, um die Katze zu retten. Aber dann war sie an eine Stelle gekommen, wo zu viele Stufen fehlten, und sie hatte anhalten müssen.

Während sie noch da stand und sich an das

unsichere Geländer klammerte, war die Katze geräuschlos oben an der Treppe erschienen, den weißen Kopf nach hinten geworfen. Einen Augenblick lang hatten sie und die Katze einander regungslos angestarrt. Dann gelang es ihr trotz ihres Entsetzens, sich umzudrehen und Hals über Kopf die schwankenden Stufen hinunterzulaufen. Hinter ihr übersprang die Katze das Loch in der Treppe, doch bei dem jähen Satz hatte sie die Ratte fallen lassen, und der Aufprall hallte dumpf durch den leeren Raum.

Fast kopflos vor Entsetzen war sie vor der Katze geflohen, und blind vor Angst hatte sie das Kriechloch in der Mauer nicht gefunden. Die Katze dagegen, stolz auf ihre Beute, wollte ihr die Ratte bringen. Sie hatte sie aufgehoben und kam jetzt mit dem toten Tier zwischen den Vorderbeinen auf Millicent zu. Die lief in ihrer Angst an der Wand des schrecklichen Raumes hin und her, als wäre sie selbst eine gefangene Ratte.

Plötzlich tat sich das Kriechloch vor ihren Augen auf. Kopfüber zwängte sie sich hindurch. Doch draußen wandte sie sich um, und da stand die Katze mit der Ratte. Mit der Kraft der Verzweiflung hatte Millicent den leeren Ölkanister genommen und ihn zwischen die Mauer und den verkrüppelten Baum gezwängt. Jetzt konnte die Katze unmöglich heraus. Weinend war Millicent nach Hause gerannt.

Bevor sie zu Hause ankam, war ihr klar, daß sie wieder zurück mußte. Das Loch in der Mauer war die einzige Öffnung, und wenn die Katze nicht herauskonnte, würde sie verdursten. Sie stellte sich die ganze Armee verhungerter Ratten vor, die nicht draußen auf Nahrungssuche gehen konnte und sich deshalb gegen die einsame, eingeschlossene Katze wandte.

Wieder beim Lagerhaus angekommen, hatte sie sich hingekniet und den Ölkanister aus dem Loch gezerrt. Dabei sah sie einen Augenblick lang die weiße Katze. Sie saß in einem Sonnenfleck, der durch eine zerbrochene Fensterscheibe hoch oben in der Mauer gefallen war, und putzte sich.

Aber da hatte Millicent hinter sich einen unterdrückten Schrei gehört. Ihre Mutter stand da. Und an dieser Stelle hatte ihr Mutter sofort das Versprechen abgenommen, nie mehr in die Nähe des Lagerhauses zu gehen. Immer wieder hatte sie es versprochen, bis Mutter endlich zufrieden war. Und sie hatte ihr Versprechen gehalten.

Jetzt würde sie es brechen. Sie mußte. Es gab keinen anderen Ort, keine andere Möglichkeit. Steifbeinig vor Entschlossenheit ging sie vom Fenster zur Tür, schloß sie auf und öffnete sie und horchte nach Geräuschen im Haus.

Jetzt mußte es sein. Sie wandte sich um, zog die Decke zurück und holte Blaues Wunder heraus. Weil es plötzlich hell wurde, schaute sie zum Fenster. Es war wirklich hell! Es schien unmöglich, so unvermittelt – aber es stimmte. Die Sonne hatte die Wolken durchbrochen. Die ersten Sonnenstrahlen brachen sich auf dem steilen Dach des Lagerhauses. An einem Ende davon leuchtete ein herunterhängendes Stück Dachrinne auf. In der Rinne hatte sich Regenwasser angesammelt, das vom Dach gelaufen war, und jetzt beschien die Sonne das Wasser. Während ihre Strahlen über das graue Schindeldach funkelten, kamen dicke, graue, trippelnde Schatten – eine ganze Armee eiliger Ratten. Immer mehr Sonnenstrahlen fielen auf das Dach, und immer mehr Ratten kamen, als hätten sie einen Wettlauf mit der Sonne im Sinn. Schnappend, streitend und beißend kämpften sie um einen Platz an der herunterhängenden, überfluteten Dachrinne. Als dann die Sonne stieg und ihr Licht schärfer wurde, beruhigten sich die Ratten und senkten in einer Reihe ihre knochigen Köpfe ins Wasser und tranken.

Plötzlich stieg die Sonne über das entfernte Dach, fiel auf Millicents Fenster und blendete ihre Augen. Das Licht weckte Blaues Wunder. Schnurrend reckte es sich hoch zu Millicents Gesicht. Als sie wieder sehen konnte, war die lange Rattenreihe verschwunden, als wäre sie in der Morgensonne zerschmolzen. Die Tiere waren vom Dach verschwunden, als wären sie nie dort gewesen. Sie waren wieder im Lagerhaus.

Und Millicent wußte, daß sie ihr Kätzchen nicht in das Lagerhaus zu den Ratten bringen konnte, gleichgültig, was jetzt auch geschah. Wie konnte sie ihr süßes, junges, vertrauensvolles Kätzchen, das ihr Kinn leckte und streichelte, an einen solchen Ort bringen?

Und dann war es zu spät. Plötzlich hörte sie durch den Gang das Geräusch von fließendem

Wasser. Ihre Mutter war aufgestanden. Jetzt war es für das Lagerhaus zu spät. In ihrer Erleichterung summte Millicent der Katze auf ihren Armen sinnlose Laute zu. Blaues Wunder miaute zärtlich, nagte zart an ihrem Daumen, kuschelte sich dann an sie und schlief ein.

Die Bordleiter

Nach dem ersten Augenblick der Panik war es, als würde das Geräusch des Duschwassers Millicents Entscheidung beschleunigen. Vielleicht hatte sie aber auch schon die ganze Zeit gewußt, was sie tun würde, wenn dieser Augenblick kam. Jetzt gab es nur noch das Geheimversteck unter der Veranda.

Mit der schlafenden Katze im Arm lief sie zu ihrer verschlossenen Zimmertür und horchte, ob die Geräusche sich verändert hatten. Mutter duschte immer noch im Badezimmer. Jetzt war es Zeit für die Flucht treppabwärts.

Millicent schob Blaues Wunder auf einen Arm und wollte gerade nach dem Schlüssel im Schloß greifen, als sich vor ihren verblüfften Augen die Türklinke senkte. Über dem Wasserrauschen hatte sie nicht gehört, daß jemand den Gang entlanggekommen war. Die Klinke blieb unten. „Hallo?"

fragte Carls Stimme. „Mimi, Milliönchen, schläfst du noch ...? Nanu, die Tür ist abgeschlossen", murmelte Carl vor sich hin. Laut rief er: „Mimi, ist alles in Ordnung? Warum hast du die Tür abgeschlossen?"

Auf ihrer Seite der Tür preßte Millicent das Kätzchen an sich, hielt ihm die Hand über den Kopf, um jeden Laut zu unterdrücken, und blieb totenstill.

„Mimi, mach die Tür auf!" schrie Carl.

Im Badezimmer wurde die Dusche abgedreht, und Mutter rief: „Carl, was ist? Was ist los?"

Millicent war gefangen, saß in ihrem Zimmer wie in einer Falle und sah keine Möglichkeit zur Flucht. Nur eines konnte sie noch tun – das Kätzchen auf den Speicher schaffen. Lautlos öffnete sie den Wandschrank und schaute an die Decke. Hier war die Falltür, aber wie sollte sie hinaufkommen? In ihrem Zimmer gab es nichts, worauf sie stehen konnte, um die Tür aufzuklappen und Blaues Wunder auf den Speicher zu schieben. An einem Ende des Wandschranks war eine Reihe von Borden angebracht. Konnte sie die Bretter als Leiter benutzen? Es blieb ihr keine Zeit zum

Überlegen. Sie warf sich Blaues Wunder über die Schulter und stieg auf das unterste Bord. Das Kätzchen kroch gerade so weit, daß es sich um ihren Hals schmiegen konnte. Da klammerte und krallte es sich nun fest, doch Millicent merkte es beim Klettern gar nicht. Wenn sie sich mit einer Hand auf dem schmalen Rand des Türrahmens abstützte und sich weit zurücklehnte, konnte sie die Falltür in der Decke erreichen. Doch um sie aus dem Rahmen zu heben, mußte sie hochspringen. Sie sprang, die Falltür flog auf, doch das Bord unter ihr kippte. Zu ihren Füßen rutschte alles vom Bord auf den Boden. Millicent schnappte und grapste nach dem Rahmen der Falltür in der Decke. Da hing sie nun, und ihre Beine schwangen hin und her. Die erschreckte Katze sprang von ihrer Schulter durch die geöffnete Falltür und verschwand auf dem Speicher.

Drunten im Zimmer wurde an der Tür gerüttelt, und Mutter rief: „Mimi, ist alles in Ordnung? Warum ist deine Tür abgeschlossen? Millicent!"

In diesem entnervenden Augenblick ließ Millicent ihren Halt los, aber da sie auf den zu Boden gefallenen Decken landete, machte sie nicht allzu-

viel Krach. Mit einem Blick auf die Falltür stand sie auf. Sie konnte sie nicht schließen. Hastig stieß sie den Wandschrank zu und lief zur Tür, die aufgeschlossen werden mußte.

„Millicent, hörst du mich?" Mutter klang außer sich. „Carl, hol einen Schlüssel", rief sie in den Gang. „Diese alten Schlösser sind alle gleich."

„Ich komme, ich bin hier an der Tür", rief Millicent wütend. „Einen Augenblick, ja? Der Schlüssel klemmt." Sie ließ ihn im Schloß knirschen. „Blaues Wunder, sei still", flüsterte sie bittend zur Decke hinauf, dann öffnete sie die Tür und stand ihrer Mutter gegenüber, während Carl mit einem Schlüssel in der Hand näher kam.

Mutter wollte ins Zimmer gehen, doch plötzlich griff sie sich mit der Hand an die Kehle und flüsterte: „Hier ist eine Katze! Kannst du dich darum kümmern, Carl? Ich muß schnell meine Allergiemedizin nehmen. Wenn ich sie noch rechtzeitig schlucke..." Im Gang wandte sie sich um. „Mimi, wie konntest du so etwas tun? Es ist Ostern, und Sally und dein Bruder kommen..." Sie bedeckte Mund und Nase mit den Händen und lief in ihr Zimmer. Carl schaute ihr nach, dann befahl er laut, so daß Mutter es hören konnte: „Also, gib mir diese Katze."

Millicent zeigte ihm mit ausgebreiteten Armen, daß keine Katze im Zimmer war.

Sie hörten, wie Mutters Zimmertür ins Schloß fiel. Carl blinzelte Millicent zu, und in verändertem, freundlichem Ton sagte er leise: „Okay, Milliönchen. Ich habe wirklich nicht damit gerechnet, daß du mich am Ostermorgen zur Katzenjagd zwingst, noch dazu vor dem Frühstück! Drei Tage Karzer für dich, du elende Katzennärrin."

Millicent begann plötzlich wieder zu hoffen. Ohne Mutter war Carl jetzt ganz anders. Er hatte ihr sogar zugeblinzelt. Sie warf ihm einen tiefen, flehenden Blick zu, dann sah sie gegen ihren Willen den Wandschrank an.

„Oh, da hast du also die Katze. Du wirst raffiniert, wie?" Carl breitete die Arme aus, wie sie es zuvor getan hatte. „Sicher, sie ist nicht in deinem Zimmer – sie ist oben auf dem Speicher." Er stieß die Tür des Wandschranks auf und sah sofort die offene Falltür in der Decke. „Du bist also die Borde hinaufgeklettert. Na, ich bin dafür zu schwer, deshalb steigst du da hinauf und gibst mir die Katze herunter. Du hast doch gewußt, daß du dort oben keine Katze halten kannst."

„Carl!" Millicent packte ihn am Arm. „Oh, Carl, sie ist kein Streuner. Sie ist blau – creme und blau – und sie hat sogar blaue Augen! Und ich habe sie nicht hereingebracht, sie ist von selbst gekommen. Sie war im Wohnzimmer. Sie hatte den Osterkorb entdeckt, und – stell dir nur vor – sie mag Oliven. Sie hat alle deine Oliven aufgefressen!" In ihrem Eifer, Carl das Wunderbare und Seltsame der kleinen Katze zu erklären, zog sie den Korb unter dem Bett hervor und zeigte ihm das feuchte, jämmerliche Durcheinander von Olivensteinen.

Carl starrte den Korb an. „Jetzt hör auf damit, Kleines. Wie sollte eine Katze ins Haus gekommen sein? Und die Oliven – ich bitte dich!"

„Durchs Kellerfenster", erklärte Millicent ernsthaft. „Gestern ist Sarah vorbeigekommen, um mein Springseil auszuleihen. Es war im Keller, und ich habe es ihr hinausgeworfen und ... und wahrscheinlich habe ich dann vergessen, das Fenster zu verriegeln."

„Uff!" rief Carl. „Du wirst immer besser. Na, wenn man schon lügen muß, dann lieber richtig, sage ich immer." Er betrachtete sie fast beifällig. „Das ist wirklich eine faustdicke Lüge! Ich glaube, statt Milliönchen werde ich dich künftig Trixi nennen, weil dir so viele Tricks einfallen."

„Aber es stimmt!"

„Sicher, sicher", sagte Carl. „Und jetzt steig einfach da hinauf und hole diese blaue Katze. Eine blaue Katze voller grüner Oliven, das reicht mir für heute."

Millicent starrte Carl ungläubig an. Ein Trick! Sein Blinzeln und seine Freundlichkeit waren Tricks gewesen, damit sie glauben sollte, er sei auf ihrer Seite. Und sie war dumm genug gewesen, zu meinen, daß Carl ihr helfen würde, wenn er die prächtige kleine Katze nur einmal gesehen hätte.

Sie rührte sich nicht, ging nicht einen Schritt auf den Wandschrank zu. Mit zusammengepreßten Lippen stand sie da und schaute Carl an, als überlege sie, warum sie ihm jemals geglaubt habe.

Carl sah es. „Krieg das mal in deinen Dickkopf", sagte er verärgert, „es wird dir überhaupt nichts helfen, wenn du störrisch bist. Ich brauch' bloß die Trittleiter zu holen und die Katze selbst einzufangen."

Millicent regte sich nicht. Wenn es auch hoffnungslos war, sie mußte kämpfen bis zuletzt. Blaues Wunder gehörte ihr!

Dann rief Mutter aus ihrem Zimmer: „Mimi, weißt du, wo die neue Schachtel mit den Allergietabletten ist?"

Carl sah Millicent an, doch sie zog die Schultern hoch und schüttelte den Kopf.

„Ich komme, ich such' sie", rief Carl. Er wollte aus dem Zimmer gehen.

„Carl!" stieß Millicent in einer letzten verzweifelten Anstrengung hervor. „Carl, Blaues Wunder ist so schön – es ist königlich! Und wenn du es hinauswirfst, wird es sterben – es wird in dieser Hintergasse sterben."

„Königlich, was?" sagte Carl. „Und einen Namen hast du der Katze auch schon gegeben." Er schob sie zur Seite. „Wir werden sie draußen auf dem Lande königlich sein lassen."

Er mußte gemerkt haben, daß das zuviel war. An der Tür wandte er sich um. „Hör mal, Kleines, mach dir keine Sorgen. Ich werde deine

Katze nicht einfach aus dem Wagen werfen. Ich lasse sie irgendwo auf dem Land in der Nähe einer Farm heraus. Farmer haben viel Milch für Katzen, und ihre Scheunen sind immer voller Mäuse." Plötzlich grinste Carl. „Und eine blaue Katze muß sie noch nicht einmal fangen. Wenn Mäuse eine blaue Katze sehen, fallen sie tot vor ihr nieder."

Es sollte komisch sein, aber es war nur grausam. Millicent war in heller Entrüstung. Sie brachte kein Wort heraus.

„Jetzt hole die Katze herunter, während ich mich um Mutter kümmere", sagte Carl aus dem Gang. „Du wirst schon sehen, eines Tages ist Mutters Allergie einfach weg, und dann kannst du das ganze Haus voller Katzen haben – sogar den Speicher."

Eines Tages! Alle tischten immer wieder dieses alte Versprechen von eines Tages auf. Eines Tages – das half Blaues Wunder nichts.

Drunten im Gang öffnete Carl Mutters Tür, und selbst aus dieser Entfernung konnte Millicent sie keuchen hören. Immer noch wütend, empfand Millicent zugleich Schuldbewußtsein. Dann kam ihr ein Gedanke. Hatte sie Zeit genug, das Kätzchen herunterzuholen und es unter der Veranda zu verstecken, während alle die Medizin suchten?

Sie lief zum Wandschrank, als die Haustürglocke läutete.

„Mach auf, bitte, Mimi. Das sind wahrscheinlich David und Sally", rief Carl aus Mutters Zimmer.

Millicent antwortete nicht, rührte sich nicht.

„Oh, sie ist sicher oben auf dem Speicher. Ich habe ihr gesagt, sie soll die Katze herunterholen", rief Carl Mutter zu, während er selbst hinunterging, um die Tür aufzumachen.

Leise wollte Millicent ihre Zimmertür schließen, da hörte sie, wie Carl unten die Haustür öffnete und sagte: „Hallo, David, guten Tag, Sally. Wolltet ihr Mutter zum Frühgottesdienst abholen? Ich wollte auch hin, aber eure kleine Schwester hatte andere Pläne mit uns. Mutter hat wieder ihre Allergie. Mimi hat eine Katze ins Haus gebracht – sie hat sie oben auf dem Speicher versteckt. Herrje, ich muß laufen, wir finden Mutters Allergietabletten nicht."

„Mimi und die Katzen!" David fing an zu lachen, dann unterbrach er sich. „Du meinst, sie hat wirklich eine ins Haus geschleppt, trotz Mutters Allergie?"

„Ja", sagte Carl ärgerlich. „Und dabei weiß sie genau, daß sie das nicht darf. Sie hat gelogen wie ein zweiter Münchhausen. Hat behauptet, die Katze sei durch ein Kellerfenster hereingekommen, das sie nicht verriegelt hat, und sie sei blau – sogar die Augen. Königlich, hat sie gesagt... Hör mal, David, warum nehmen wir nicht rasch dein Auto? Ich muß eine Apotheke finden, die offen ist, und Mutter eine neue Schachtel Tabletten kaufen. Sally, gehst du zu Mutter?"

„Na gut", hörte Millicent Sally sagen. „Aber weißt du, Carl, es gibt wirklich blaue Katzen. Eine Siamesenart. Sie haben tatsächlich blaue Augen, und sie sind königlich."

Carl brummte etwas vor sich hin. Dann startete drunten Davids Wagen, und fast im nächsten Augenblick klopfte Sally an Millicents Tür. „Mimi? Sowie ich nach Mutter geschaut habe, komme ich zu dir."

Bei Sallys hastigen, freundlichen Worten schwand Millicents Zorn. Doch in diesem Moment hörte sie aus dem Wandschrank einen harten

Aufschlag, gefolgt von empörtem Geheul. Blaues Wunder mußte von dem Speicher herunter auf den Schrankboden gesprungen sein. Jetzt jammerte und klagte es und forderte Aufmerksamkeit.

Sally lief durch den Gang zurück, stürzte ins Zimmer und lief zum Wandschrank. „Oh, ist sie nicht hübsch", sagte sie und wollte das Kätzchen aufheben. „So eine hatte ich als Kind." Doch dann wandte sie sich ab. „Ich muß mich zuerst um deine Mutter kümmern, aber dann komme ich zurück, und wir denken uns etwas aus." Sie legte rasch und liebevoll den Arm um Millicent, dann rannte sie davon.

Hoffnung war ins Zimmer geströmt, wie Morgensonne durch ein Fenster strömt. Doch mit Sally ging die Hoffnung, und Blaues Wunder jammerte immer noch lautstark. Millicent nahm die Katze hoch und drückte ihr die Hand über das Gesicht, damit man sie nicht so laut hörte. Aber was half das bei dieser Stimme? Und was konnte Sally tun? In ein paar Minuten würden Carl und David zurückkommen und Blaues Wunder fortbringen. Was konnte Sally gegen sie unternehmen? Sally wußte nicht, wie qualvoll Mutters Allergie werden konnte. Wenn sie erst einmal sah, wie Mutter litt, würde sie sich anders besinnen.

Aber war das jetzt nicht ihre letzte Chance, solange Carl und David unterwegs waren? Millicent zauderte keinen Augenblick. Mit dem Kätzchen fest in den Armen floh sie die Treppe hinunter in die Küche, entriegelte die Hintertür und lief über die Veranda zum Grammophon. Mit ihrer freien Hand zog und zerrte sie an dem falschen Boden, bis er mit allem, was darauf lag, hochkam. Dann ließ sie Blaues Wunder in die Dunkelheit unter der Veranda fallen.

Wie sie es erwartet hatte, begann Blaues Wunder zu schreien, sobald es den Boden berührte. Millicent warf den falschen Boden zu, rannte zurück und machte die Hintertür zu, damit man es im Haus nicht hörte. Dann hielt sie inne. Was half das schon? Bei seiner Stimme wüßten sie schon nach einer Minute, daß es unter der Veranda war.

Also ließ sie die Hintertür offen. Sollten sie doch denken, sie sei mit Blaues Wunder in die Hintergasse gelaufen. Sollten sie doch denken, sie wäre von zu Hause weggerannt!

Noch einmal hob Millicent den falschen Boden

des Grammophons, ohne den Gartenkram darauf wegzuräumen, doch diesmal hoch genug für sich selbst. Die Gartenwerkzeuge rutschten und klapperten, und als sie mit den Füßen voran durch den halb geöffneten Grammophonboden rutschte, war das dünne Rieseln auslaufenden Düngemittels in ihrem Ohr. Sie ließ sich in die Dunkelheit fallen. Über ihr knallte der falsche Boden mit hartem, blechernem Werkzeugklappern zu.

Unter der Veranda tastete Millicent nach der Taschenlampe. Ihre Finger versanken in losem, trockenem Schmutz und Lehm, doch sie erlaubte sich in der gruseligen Dunkelheit keinen einzigen ängstlichen Gedanken. Dann rieb sich Blaues Wunder an ihrem Knie. Sie bückte sich in die Richtung, aus der sein Schnurren kam. Blaues Wunder stand auf den Hinterbeinen, um an ihr Gesicht heranzukommen. Mit seiner kalten Nase und den kühlen Lippen fuhr es streichelnd über ihr Kinn. Blaues Wunder dankte ihr.

Ausreißer

Reifen quietschten, Autotüren wurden zugeworfen, und dann hörte Millicent die Stimmen von Carl und David, die durch die Kellertür an der Einfahrt ins Haus liefen. Unter der Veranda fragte sich Millicent, wieso sie ihre Brüder sogar im Haus hören konnte. Oh, sie hatte nicht nur die Hintertür zur Veranda weit offen gelassen, in ihrer Eile mußte sie auch vergessen haben, die Tür zwischen Küche und Wohnzimmer zu schließen. Deutlich hörte sie Carl sagen: „David, sieh mal! Die Hintertür steht offen. Lauf du hinauf und gib Sally die neue Arznei und sieh in Mimis Zimmer nach. Wenn sie weder dort noch auf dem Speicher ist, dann ist sie mit dieser Katze davongelaufen!"

Carl kam heraus auf die Veranda. Leise rief er ihren Namen, er sagte ihn mehr, als daß er ihn rief, als wüßte er, daß sie in der Nähe war und gleich antworten würde. Doch Carls Stimme war zu sanft und zu freundlich. Millicent hielt ihre Hand fest über das Gesicht des Kätzchens.

Jetzt kam David auf die Veranda. „Hör auf zu rufen. Mutter könnte es hören!" David schloß die Tür.

Sofort hörte Carl auf zu rufen, aber dann wurde es noch schlimmer – er ging auf und ab, und David ging neben ihm. Das Stampfen ihrer Füße dröhnte unter der Veranda. Durch den Donner ihrer Schritte hörte Millicent Carl sagen: „Weit kann sie nicht sein – sie hatte nicht viel Zeit – also ist sie wahrscheinlich in der Hintergasse. Da geht sie immer hin und spielt mit den Katzen."

„Na klar – da steht ja auch das Lagerhaus!" rief David. „Weißt du noch? Sie hat einmal versucht, dort eine Katze zu halten."

Millicent hörte es bestürzt und überrascht. Ihre Brüder wußten also von dem Lagerhaus und der weißen Katze – Mutter hatte es ihnen erzählt. Wußten sie auch von dem falschen Boden im Grammophon? Sie duckte sich tief und wartete darauf, daß die Füße der Brüder am Grammophon stehen blieben und daß quietschend die Tür geöffnet würde – genau über ihr! Millicent packte das Kätzchen fester und kroch mit ihm auf die Trennwand zu. Über ihr gingen die Brüder hin und her und lösten mit ihren stampfenden Füßen sandigen Staub vom Verandaboden, der auf Millicents gebeugten Nacken rieselte, während sie die widerspenstige Katze ruhig zu halten versuchte, die von all dem Getöse verwirrt und erschreckt war.

Blaues Wunder drehte und wand sich, in wilder Angst biß es ihr in die Hand und kämpfte sich frei. Millicent machte einen Satz, um das Kätzchen zu greifen, doch sie stieß mit dem Kopf so hart an die nicht gesehene Trennwand, daß sie sich hinknien und die Hände an den Kopf pressen mußte, um nicht aufzuschreien. Das Kätzchen war im Dunkel verschwunden. Es mußte durch das Kriechloch geschlüpft sein auf die andere Seite der Wand, was immer da auch sein mochte. Sie konnte nicht hinterher. Vor Schmerz stiegen Wellen von Übelkeit in ihr auf, und die Schritte ihrer Brüder stampften einen entnervenden Takt dazu. Endlich trampelten ihre Brüder die Verandatreppe hinunter und auf den Hof.

Es klang, als wäre Carl in die Garage gegangen.

Millicent hörte ihn so deutlich ihren Namen rufen, als stünde sie neben ihm. Er machte die Wagentüren auf, er schien sogar in den Gepäckraum zu schauen.

„Hier ist sie nicht", rief er. Dann hörte sie nichts mehr von ihren Brüdern.

Hinter der Trennwand gab Blaues Wunder keinen Laut von sich. Millicent, die jetzt allein war in dem schwarzen Raum, dachte dankbar an die Sprühpistole, die irgendwo in der Nähe sein mußte – genau wie die Taschenlampe. Die Taschenlampe war gestern ausgegangen, als sie sie fallengelassen hatte, doch wenn die Birne nicht kaputt war, könnte sie immer noch tröstliches Licht geben. Sie kroch zurück zum Grammophon. Um sich von dem sandigen trockenen Staub abzulenken, der zwischen ihren Fingern hochquoll, dachte Millicent angestrengt an das Lagerhaus. Wenn sie dorthin gegangen wäre, fänden David und Carl sie in diesem Augenblick und würden Blaues Wunder mitnehmen. Mutter hatte ihnen von dem Lagerhaus erzählt, aber von dem falschen Boden hatte ihnen bestimmt keiner erzählt, sonst wären David und Carl geradewegs zum Grammophon gegangen. Sie war in Sicherheit – wenigstens eine Zeitlang.

Aber nicht nur sie mußte aus diesem Raum verschwinden, auch die Decke und ihre anderen Sachen mußte sie hinausbringen. Wenn sie von diesem Versteck wußten oder sich daran erinnerten, würden sie hereinleuchten. Nichts durfte hier verändert aussehen, alles mußte sein wie immer, alles andere hatte hinter der Trennwand zu verschwinden.

Dann fühlte sie unter ihrer Hand die Taschenlampe. Vor Erleichterung tränten ihr tatsächlich die Augen – endlich Licht. Doch als sie auf den Knopf drückte, geschah nichts. Immer wieder schaltete sie die nutzlose Taschenlampe an, aber alles blieb dunkel. In jähem verzweifeltem Zorn warf sie die Lampe fort. Sie krachte im Dunkel gegen die Trennwand, es klang, als wäre etwas zersplittert.

Mit oder ohne Licht – sie mußte immer noch den Kram hinter die Wand bringen – auch die zerbrochene Taschenlampe. Sie wollte weder an die großen, haarigen Spinnen denken, die auf ihren dünnen Beinen daherstelzten, noch an raschelnde

Käfer, die stur auf einen zu und an einem hoch krochen – sie wollte nur die Zähne zusammenbeißen und weiterkriechen.

Da kam ihre Hand an das runde Blech der Sprühpistole. Die Sprühpistole! Das war genau, was sie brauchte! Im Kriechen würde sie vor sich hersprühen und alles totsprühen. Dann brauchte sie keine Angst zu haben! Mit der Sprühpistole in der Hand kroch sie weiter und zog immer wieder mit aller Kraft den Drücker. Dann hörte sie im Raum jenseits der Trennwand Blaues Wunder niesen, niesen und niesen. Sie ließ die Pistole fallen und wollte ihm etwas zuflüstern, doch da begann sie selbst zu niesen. In ihrer Angst vor Spinnen und Käfern und allem, was da kroch, hatte sie in dem engen, eingeschlossenen Raum zuviel gesprüht.

Zwischen ihren Niesanfällen hörte sie das Niesen des Kätzchens näher kommen. „Nnn-iau!" sagte es plötzlich empört genau in ihr Gesicht. Es rieb sich an ihr und versuchte, zwischen dem Niesen zu schnurren. Und zwischen dem Schnurren stieß es immer wieder seine komischen, heiseren Fragelaute aus. Sie nahm die Katze in die Arme, erzählte ihr dankbar, daß sie sie liebe, daß sie aber ihre Decke und die andern Sachen holen müsse. Blaues Wunder antwortete mit seiner merkwürdigen, gar nicht katzenhaften Stimme – es konnte noch nicht einmal „Miau" sagen, es wurde „Niau" daraus. Aber es wollte bei ihr sein, und in der Dunkelheit wurde es ihr Führer. Es konnte sehen, und sie konnte seinem Schnurren folgen. Tiger und Teddybär, Taschenlampe und Sprühpistole wurden in die Decke eingerollt, und dann kroch Millicent hinter dem Kätzchen durch das niedrige, runde Schlupfloch. Sein aufrechter, gerader, glücklicher Schwanz wedelte sanft vor ihrem Gesicht.

Doch als Millicent jenseits der Trennwand ihre Sachen fallen ließ, sprang es davon. Wenigstens war sie jetzt in Sicherheit, selbst wenn ihre Brüder durch das Grammophon hinunterleuchteten. Und dieser Raum, stellte Millicent fest, war zudem heller. Die Verandatreppe lag darüber, und Licht von draußen drang durch die Ritzen unter den Stufen.

Die Ritzen unter den Stufen waren ziemlich breit. Millicent war fast sicher, daß sie den Hof sehen und beobachten könnte, wann ihre Brüder zurückkamen, falls sie es wagte, ihr Gesicht zwischen die klebrigen, schmutzigen Spinnweben zu schieben, die wie Wolken unter jeder Stufe hingen. Sie getraute sich nicht, noch mehr Sprühmittel zu zerstäuben. Ob sie mit dem langen, schlaffen Tiger die Spinnweben herunterholen konnte? Nein – lieber mit dem Teddybär, er war steifer, robuster. Sie würde ihn an den Füßen fassen, ihn hochheben wie einen langstieligen Staubwedel und die ekelhaften, schmutzigen Spinnweben herunterschlagen.

Wo war Blaues Wunder? Ihre Augen gewöhnten sich allmählich an das gefilterte, schwache Licht, und Millicent nahm eine kleine Bewegung wahr. Dort in der entferntesten Ecke saß auf einem Schmutzhäufchen vor der Betonmauer Blaues Wunder und putzte sich bedächtig den Staub von Nase und Schnurrbart, der nach all dem Niesen da klebte. Das Kätzchen saß da so furchtlos wie ein kleiner König auf seinem Thron.

Das war beruhigend. Das kluge Blaue Wunder hatte den richtigen Platz für ihr Lager gefunden. Das Lehmhäufchen könnte eine Art Kopfkissen

sein. Millicent zog die Decke darüber und setzte
den Tiger darauf. Sein schlaffer Körper hing über
die Erhebung, die langen Beine und der Schwanz
baumelten herunter. So war das ein prima Kopfkissen, und ihr Haar würde nicht im Schmutz
liegen. Millicent war jetzt so ruhig wie Blaues Wunder, ruhig und dankbar für die Decke auf dem
Lehmboden, dankbar für das Tigerkissen. Durch
die bleistiftdünnen Ritzen unter den Stufen fiel

soviel Licht, daß sie das Kätzchen rasch finden konnte, falls ihre Brüder kamen. Wenn es plötzlich ihre Stimmen hörte, würde Blaues Wunder vielleicht antworten. Es war die redseligste Katze, die sie je gekannt hatte. Blaues Wunder gab Antworten! Es versuchte ein Gespräch in Gang zu halten genau wie ein Mensch. Und das könnte gefährlich werden.

Wo war die Katze jetzt? Während Millicent ihr Bett gemacht hatte, war sie wieder durch das Kriechloch zurückgeschlüpft in den äußeren Raum. Alles in Millicent sträubte sich bei dem Gedanken, wieder zurückzukriechen in diese völlige Dunkelheit. „Blaues Wunder, komm her", rief sie nervös und schlug sich gleich erschrocken mit der Hand auf den Mund. Aber als sie an den Schmutz dachte, durch den sich ihre Hände getastet hatten, spuckte sie aus.

Dann hörte sie nirgends einen Laut, und Blaues Wunder kam nicht. Wo war es? Warum war es so still? Plötzlich konnte sie es nicht mehr ertragen, einfach hier zu sitzen und nicht zu wissen, was geschah. Sie griff nach dem Teddybär und kroch zu den Stufen. Mit geschlossenen Augen schwang sie den struppigen Bär zwischen den langen, klebrigen Spinnweben hin und her, die voller Fliegenflügel und toter, ausgesaugter Insektenkörper waren.

Als Millicent schließlich die Augen öffnete, kam das Licht viel klarer durch die Ritzen. Die meisten Spinnweben waren weg und hatten sich um den Kopf des Teddybärs gewickelt, den sie weit von sich schleuderte. Er landete mit den Knopfaugen voraus unter der tiefsten Stufe, und sein Körper mit den klebrigen Spinnweben, die ihn viel dicker aussehen ließen, ragte in die Luft. Es wirkte so komisch, daß Millicent lachen mußte. Und dann wagte sie es, die Hände auf den schmutzigen Lehmboden zu stützen, den Kopf unter die Stufen zu stecken und durch die Ritzen hinauszuschauen. Nichts und niemand war im Hof. Doch ihre Hand berührte etwas Hartes, das wie ein halb vergrabener Faßdeckel aussah. Plötzlich wußte sie, daß es kein Faßdeckel war – es war die halbmondförmige Tür, die in das Schlupfloch gehörte. Aufgeregt riß sie die Scheibe aus dem Lehm. Damit konnte sie verhüten, daß Blaues Wunder im Nebenraum verschwand.

Das kratzende Geräusch, mit dem sie die kleine Halbtür herauszog, lockte Blaues Wunder herbei. Es sprang gegen die Scheibe, und als Millicent vorsichtig begann, sie zum Schlupfloch zu schieben, sprang es hinauf und guckte stolz herunter.

Millicent fügte die Tür in das Schlupfloch. Sie paßte nur ganz knapp, und Millicent mußte sich so fest dagegenstemmen, daß der feine Staub des Bodens sich knirschend zwischen ihre Zehen drückte. Ihre Zehen! Bis jetzt hatte sie noch nicht einmal bemerkt, daß sie nichts an den Füßen trug. Mit dem Kätzchen hastete sie auf Händen und Knien zu der Decke. Als sie sicher mitten darauf saß, streichelte sie immerzu die Katze, während sie angewidert versuchte, ihre Füße sauberzureiben.

Über ihnen öffnete sich die Hintertür. Millicent legte die Hand auf die Schnauze der Katze. Merkwürdigerweise waren auf der Veranda keine Schritte zu hören. Wer die Tür geöffnet hatte, mußte horchend stehengeblieben sein. Mutter konnte es nicht sein, ihr keuchender Atem hätte sie sofort verraten. Sally? Sicher war es Sally. Das Kätzchen versuchte ihr zu entschlüpfen – es mochte Sally. Millicent rieb ihr Gesicht an seinem, um es abzulenken. Es leckte ihr rauh die Wangen und schnurrte nach Sally.

Doch statt Sally sprach Carl. Millicent hatte nicht gehört, wie er über den Hinterhof gekommen war. „Oh, Sally, ich bin froh, daß du hier unten bist", sagte Carl. „Hast du etwas von Mimi gesehen? Ich bin zurückgekommen, um meinen Wagen zu holen, aber ich wollte nicht ins Haus, damit Mutter nichts erfährt."

„Keine Spur", antwortete Sally. „Aber deiner Mutter geht es gut – sie ruht sich aus. Ich habe Mimis Zimmer durchstöbert und gehofft, irgendeinen Hinweis zu finden. Und du hast natürlich auch kein Glück gehabt, sonst würdest du nicht dein Auto holen."

„Nein." Carl schien bekümmert. „David durchsucht noch alle möglichen Verstecke in der Hintergasse, aber wir haben nichts von ihr gesehen. Wir sind sogar in dieses Lagerhaus eingebrochen, in dem sie einmal eine Katze verstecken wollte, aber dort war sie auch nicht gewesen – keine Spur im Staub."

„Und wie ist es mit dem trübsinnigen kleinen

Mädchen, von dem sie schon erzählt hat?" fragte Sally plötzlich.

„Sarah?" Carl mußte leise lachen. „Oh, dort sind wir auch gewesen. Die schlafen alle noch."

„Sarah auch?" wollte Sally wissen. „Vielleicht hat sie Steinchen an Sarahs Fenster geworfen, und Sarah hat sie hereingelassen."

„Nicht Sarah!" sagte Carl überzeugt. „Sie hat Angst vor allem, einschließlich Katzen. Deshalb kommen die beiden nicht besser miteinander aus."

Millicent unter der Veranda grinste. Carl wußte Bescheid über Sarah!

„Also, ich muß jetzt gehen. Ich durchsuche die entfernteren Gassen mit dem Wagen – so geht es schneller."

„Ja, aber was hilft es? Carl! Ich mache mir Sorgen. Millis Kleider sind alle da – sogar ihre Hausschuhe stehen unter dem Bett. Barfuß und im Schlafanzug kommt ein kleines Mädchen nicht weit."

„Nein, das glaube ich auch nicht", sagte Carl langsam. „Nur, du weißt nicht, wie das ist mit Millicent und den Katzen. Sie würde alles tun, um eine Katze behalten zu können – wahrscheinlich sogar nackt gehen."

Unter der Veranda grinste Millicent wieder. Carl wußte auch über sie Bescheid!

„Na, ich kann noch mal im Haus suchen", sagte Sally. „Aber ich glaube nicht, daß sie irgendwo im Haus sind. Siamesen sind so gesprächig, Millicent würde es nie schaffen, die Katze ruhig zu halten. Aber Carl, neben meinen Eltern wohnt ein Polizist – ich möchte ihn gern anrufen und um einen Rat bitten."

„Nein!" sagte Carl. „Zumindest jetzt noch nicht. Und laß Mutter nichts dergleichen hören. Ich werde fünf bis zehn Minuten brauchen, um die Nachbarschaft zu durchsuchen, und bis dahin sollte auch David zurück sein. Dann sehen wir weiter."

Der Wagen fuhr an und zur Einfahrt hinaus. Sally überquerte die Veranda und ging ins Haus. Die Hintertür wurde geschlossen. Millicent starrte entsetzt zum Verandaboden hinauf. Die Polizei! Die Polizei würde sie suchen! Sie drückte Blaues Wunder an sich und legte erschöpft ihren Kopf auf den Tiger. Wenn sie jetzt nicht herauskam, würden sie die Polizei rufen. Die Polizei würde kommen und sie finden. Auf der Flucht vor der Gerechtigkeit – der alte Satz aus irgendeiner Geschichte kam ihr den Sinn. Sie war ein Ausreißer – auf der Flucht!

Es war bestürzend und unheimlich. Sie drückte Blaues Wunder so heftig an sich, daß es fauchte und sie in den Arm biß.

Der große Polizist

Aus der Sonntagmorgenstille stahl sich ein verwehter Glockenklang von jenseits der Stadt unter die Veranda und umwob Millicent mit zarter Ostermusik. Sie weinte ein wenig, weil die Glocken so lieblich und einsam klangen, dann lag sie elend und verängstigt da. Die Glocken sangen von Friede und Glück, doch drinnen im Haus telefonierte Sally mit der Polizei.

Millicent hatte solche Angst, daß sie sich bei dem Wunsch ertappte, sie wäre dennoch mit Blaues Wunder zum Lagerhaus gegangen. Inzwischen hätte man sie gefunden, und jetzt wäre alles vorbei.

Es war ein häßlicher, feiger Gedanke, denn dann wäre auch alles vorbei für Blaues Wunder – man hätte die Katze fortgebracht. Sie schüttelte den verräterischen Gedanken ab, doch an seine Stelle kam ein neuer. Jetzt war sicher, daß niemand etwas von diesem Versteck unter der Veranda wußte. Wenn Sally nicht die Polizei gerufen hatte, würde niemand sie finden. Nur die Nacht würde kommen, und dann würde sie immer noch unter der Veranda sein bei all dem Unheimlichen, das in der Dunkelheit lebendig wird.

Dankbar sagte Millicent sich, daß lange vor der Nacht Blaues Wunder schreien würde vor Hunger. Sie würden es hören, und sie würde aufgeben müssen. Irgendwie machte das einen Unterschied – sie würde das Kätzchen nicht verraten, es würde sich selbst verraten. Der Gedanke war so verführerisch, daß sie die kleine Katze weckte und ihr heuchlerisch zuflüsterte: „Du mußt ruhig bleiben, egal, was geschieht."

Sie brauchte Blaues Wunder, sie wollte mit ihm reden, doch es machte sich los von ihr, als kenne es ihre Judasgedanken.

In einem geheimen Winkel ertappte sich Millicent tatsächlich dabei, daß sie feige hoffte, Blaues Wunder würde jetzt mit seinem schrecklichen Geschrei beginnen. Doch durch den Raum hörte sie, wie es eifrig seine Krallen am Holz schärfte und dann still war.

Millicent kam sich elend und beschämt und so falsch vor, daß sie fast ein hohles Gefühl davon bekam. Hohl! Sie hatte Hunger – darum fühlte sie sich hohl. Sie hatte Blaues Wunder gefüttert, aber sie selbst hatte den ganzen langen Morgen nichts gegessen, und sie war schon seit Stunden auf. Während sie darüber nachdachte, wurde der Hunger zu einem Schmerz. Sie legte beide Hände auf ihren Magen. Und wenn sie hier unten eine Blinddarmentzündung bekam? Sie stellte sich vor, wie sie in der Dunkelheit gefunden und durch das Grammophon hinaufgezogen würde. Nein, sie würden den Verandaboden aufreißen müssen. Männer in Weiß würden mit einer Bahre unter die Veranda kriechen, und neben der Verandatreppe würde ein Krankenwagen warten und sie ins Krankenhaus bringen.

Es war albern und weit hergeholt, aber trotzdem war sie so hungrig, daß sie sich im nächsten Moment vorstellte, wie sie und Blaues Wunder mitten in der Nacht unter der Veranda hervorkrochen und ins Haus schlichen, um Nahrung und Milch zu stehlen. Aber das war unmöglich! Alle Türen würden verriegelt sein. Diese ernüchternde

Tatsache machte ihren überspannten Phantastereien ein Ende. Ein neuer Glockenklang wurde von so weit hergeweht, daß er unter der Veranda nur noch ein Summen war. Millicent legte sich zurück und machte die Augen zu. „Oh, es ist still", flüsterte sie. Dann schlief sie ein.

Millicent schlief, wachte auf, schlief wieder ein. Als sie wieder zu sich kam, landete Blaues Wunder schwer auf ihrem Magen. Der Schreck machte sie ganz wach, und sie hörte, wie die Hintertür geöffnet wurde und schwere Schritte über die Veranda kamen. Als wollte es vor dem donnernden Lärm fliehen, schob Blaues Wunder seinen Kopf unter Millicents Arm. Sie wiegte es hin und her und preßte ihm die Hand übers Gesicht. Ihre Brüder waren zurück! Gerade über ihr fragte eine fremde Stimme: „Und Sie haben absolut nichts gefunden?"

„Nichts", antwortete Carl. „David und ich haben alle Straßen und Gassen abgesucht, in die sie möglicherweise gelaufen sein könnte – und noch viele andere dazu."

„Was machen wir jetzt?" fragte David. Seine Stimme klang ängstlich und besorgt.

Millicent unter der Veranda schüttelte sich. Sie war tatsächlich eingeschlafen! Vielleicht war sie nur eingenickt, sie hatte keine Ahnung, vielleicht hatte sie stundenlang geschlafen. Die Osterglocken waren verstummt. Über ihr blieben die Männer stehen, als die Hintertür geöffnet wurde.

„Oh, mir war, als ob ich Stimmen hörte", sagte Sally. Es klang überrascht. „Carl, ich habe Inspektor Waters nicht hergebeten – ich habe ihn angerufen und um seinen Rat gebeten. Aber die Polizei kennt keinen Spaß, wenn es um kleine Mädchen geht, die verschwunden sind. Er hat die Sache einfach in die Hand genommen." Sallys Worte hörten sich an, als wollte sie sich verteidigen; sie klangen beklommen und schuldbewußt.

„Das ist ganz in Ordnung", beruhigte Carl sie. „Inspektor Waters fuhr gerade vors Haus, als David und ich im Wagen zurückkamen. Wir haben schon darüber gesprochen."

„Mach die Tür zu", sagte David zu Sally. „Wenn du uns gehört hast, kann auch Mutter uns hören. Aber was machen wir jetzt?" fragte er wieder den Inspektor. „Wie Carl Ihnen schon gesagt hat, haben wir die ganze Nachbarschaft durchsucht und sind viel weiter gefahren, als sie hätte laufen können."

„Ich fürchte, genau daran liegt es", sagte der Inspektor. „Sie haben zu weit entfernt gesucht. Sally hat mir am Telefon gesagt, daß Ihre Schwester barfuß und im Schlafanzug verschwunden ist. Daraus ergibt sich, daß sie sich irgendwo in der Nähe versteckt hat. An irgendeinem einfachen, offenkundigen Platz, an den keiner von uns gedacht hat."

„Zum Beispiel?" wollte Carl wissen.

„Zum Beispiel in irgendeiner Garage oder unter einer Veranda in der Nachbarschaft oder in irgendwelchem Gerümpel. Vielleicht sogar in einer leeren Mülltonne. Sie könnte den Deckel über sich und der Katze geschlossen haben."

„Unsinn", schnaubte David. „Sie ist ein kleines Mädchen."

„Sicher", sagte der Inspektor, „und ich bin Vater von fünf kleinen Mädchen. Ich weiß nur eines über kleine Mädchen – sie sind zu so gut wie allem fähig."

Jemand machte ein Geräusch.

„Na gut", sagte der Inspektor. „So wie Ihre

Schwester an Katzen hängt – glauben Sie nicht,
daß sie so gut wie alles für ein blauäugiges Kätzchen tun würde, wenn sie ihr Leben lang auf eine
Katze verzichten mußte? Sollten wir es nicht auf

jeden Fall einmal mit meiner Theorie versuchen? Sally, vielleicht gehst du besser mit ihnen. Wenn du dabei bist, werden die Nachbarn nicht so erschrecken, wie wenn sie zwei Männer sehen, die in ihren Höfen herumstöbern. Ich kann verstehen, daß Sie den Nachbarn noch nichts sagen wollen. Aber gehen Sie in ihre Höfe, und schauen Sie unter die Veranden und in alles andere, selbst wenn Sie sich dabei wie Idioten vorkommen. Wenn die Leute herauskommen, dann sagen Sie ihnen, daß Sie ein entlaufenes Hündchen suchen – ein entlaufenes Hündchen entschuldigt alles. Und wenn niemand in der Nähe ist, rufen Sie leise nach Millicent. Nachdem sie sich so lange versteckt hat, wird es wohl nicht so schwierig sein, sie herauszulocken, vor allem, wenn Sally dabei ist. Aber ich glaube, sie ist nicht weit von diesem Haus entfernt. In gewisser Weise sind kleine Mädchen wie Katzen, sie hängen an ihrem Zuhause. Kleine Jungen laufen und laufen und wissen dann nicht, was sie tun sollen, außer noch weiter zu laufen. Mädchen sind klüger."

Plötzlich wurde es still. Die Hintertür öffnete sich. Das war Mutter! „Ein Glück, daß Sie hier sind, Inspektor Waters", sagte Mutter. „Mir geht es viel besser – ich kann unmöglich länger oben bleiben. Also, was kann ich tun?"

„Das ist schön, daß es dir besser geht", sagte David. „Und mach dir keine Sorgen. Unter Inspektor Waters' Leitung werden wir sie bald gefunden haben."

„Inzwischen gehen Sie mal los", befahl der Polizist. Er wartete, bis die drei gehorsam die Treppen hinuntergestapft waren, dann sagte er mit beruhigender Stimme zu Mutter: „Eigentlich habe ich sie nur fortgeschickt, damit sie etwas zu tun haben und einem nicht dauernd im Weg sind. Aber Mrs. Harding, Sie waren selber einmal ein kleines Mädchen. Ich möchte, daß Sie durchs ganze Haus gehen und alles mit den Augen eines kleinen Mädchens betrachten. Wo würden Sie sich verstecken?"

„Ich war ein kleines Mädchen in diesem Haus", sagte Mutter voll Hoffnung. „Ich werde mit ihren Augen und mit meinen schauen – vielleicht kenne ich ein paar Verstecke, an die sie nie gedacht hat." Der rauhe, kehlige Klang war aus Mutters Stimme verschwunden. Die Hintertür wurde geschlossen.

Nachdem Mutter gegangen war, herrschte völlige Stille. Der Polizist mußte nachgedacht haben, nun begann er, auf der Veranda hin- und herzugehen. Der Boden bog sich unter dem schweren Gewicht des Mannes, selbst die Balken unter dem Boden bogen sich. Feiner Staub löste sich und fiel wie steifer, knirschender Regen herab. Millicent packte ein loses Ende der Decke und zog sie über sich und Blaues Wunder. Das Kätzchen durfte nicht niesen. Sie drückte ihm die Hand aufs Gesicht. Donnernd marschierte der Inspektor auf und ab. Unter der Veranda dröhnte alles.

Blaues Wunder schlug um sich, entsetzt von dem Lärm der schweren Schritte. Dann nieste es, und durch Millicents Hand gedämpft nieste es noch einmal. Millicents Herz blieb fast stehen, als über ihr die Füße des Inspektors stehenblieben.

In diesem Augenblick öffnete Mutter plötzlich die Hintertür. Ihre Worte überschlugen sich fast. „Jetzt habe ich Angst! Ihr alter Teddybär und ein Plüschtiger sind verschwunden – und eine Stranddecke." Dann weinte Mutter. „Sie hat es geplant, sie hatte es vor. Sie ist nicht einfach hinausgelaufen – sie hat ein Versteck vorbereitet."

„Gut", sagte der Polizist. „Es ist viel besser, wenn sie es geplant hat, als wenn sie einfach in ihrem Schlafanzug davongelaufen ist." Er ging mit großen Schritten über die Veranda.

„Kommen Sie, wir wollen uns hier auf die Treppe setzen."

Als Millicent wagte, den Kopf unter der Decke hervorzustrecken, konnte sie durch die Ritzen undeutlich die Bewegungen der beiden sehen.

Mutter weinte. Millicent fing an, mit ihr zu weinen. „Mutter", hätte sie am liebsten gerufen, „hier bin ich." Sie schluckte die Worte.

Mutter schluchzte und schnüffelte. Durch die Ritzen konnte Millicent sehen, wie der Inspektor sein Bein ausstreckte, um an sein Taschentuch heranzukommen. Mutter putzte sich die Nase und murmelte Entschuldigungen. „Es tut mir leid. Oh, und hier sitze ich und weine Ihre Schulter naß . . . es tut allerdings gut."

„Dafür bin ich so breit und umfangreich", scherzte der Inspektor. „Und Sie sehen, daß ich auch ein umfangreiches Taschentuch habe."

„Danke." Mutter putzte sich noch einmal die Nase. „Ich werde es Ihnen zurückgeben."

„Eine meiner kleinen Töchter hat es für mich gesäumt – ihre erste Handarbeit, wie Sie sicher sehen können. Schwingen Sie es als Fahne, wenn Ihre Millicent wieder da ist."

„Wieder da! Ach, Sie sind ein Trost", sagte Mutter leise. „Aber was halten Sie davon, daß sie Dinge aus dem Haus geschleppt hat?"

„Daß sie nicht weit gegangen ist mit all den Sachen. Waren Sie denn gestern außer Haus?"

„Am Nachmittag, etwa zwei Stunden lang. Für das Osteressen habe ich noch ein paar Sachen in letzter Minute gebraucht. Aber das war die einzige Zeit, in der ich weg war."

„Gut", sagte der Polizist. „Jetzt wissen wir also, daß sie, falls sie es geplant hat, die Dinge aus dem Haus gebracht hat, während Sie weg waren. Ist gestern eine Katze im Haus gewesen?"

„Nein", sagte Mutter überzeugt. „Meine Allergie macht mich zu einem guten Katzendetektiv. Ich bin sicher, daß hier keine Katze war, bis die eine in der Nacht durch das Kellerfenster kam, das Millicent nicht verriegelt hat."

„Jetzt wollen wir mal sehen, ob es zusammenpaßt", sagte der Detektiv. „Wir wollen mal kombinieren. Sie hat ihr Versteck gestern nachmittag entdeckt, sehr wahrscheinlich zufällig, denn es scheint nichts mit der blauen Katze zu tun zu haben. Das Versteck war zuerst da. Und sie fand es in den zwei Stunden, in denen Sie weg waren, aber sie hat Ihnen erzählt, daß ihre Freundin Sarah vorbeigekommen ist. Also hat Sarah vermutlich Millicents Vorhaben unterbrochen. Sie haben mit Sarah telefoniert. Sind Sie sicher, daß Sarah nichts damit zu tun hat?"

„Sarah weiß von nichts als von dem Springseil", sagte Mutter. „Und ich glaube ihr, und sei es auch nur deshalb, weil Sarah Katzen nicht mag. Sarah ist nicht abenteuerlustig wie Millicent, und sie erzählt eine Menge. Millicent würde ihr kein Geheimnis anvertrauen."

„Also? Dann hat Ihre Mimi alles allein getan, und sehr wahrscheinlich bevor sie etwas von der blauen Katze wußte. Wir müssen annehmen, daß die Katze tatsächlich in der vergangenen Nacht von allein ins Haus gekommen ist, denn warum sollte Millicent sie ins Haus bringen, wenn sie ein Versteck hatte? Sie wußte, daß Ihre Allergie die Katze in Minutenschnelle aufspüren würde."

„Allergie heißt die Losung", sagte Mutter unglücklich. Sie schnüffelte, schnüffelte noch einmal. „Kommt meine Allergie wieder?" fragte sie. „Oder ist es ein Rosensprühmittel? Sprühmittel, die man im Garten verwendet, lösen manchmal auch meine Allergie aus. Deshalb bewahre ich diese Dinge unten in diesem Grammophonkasten auf. Die Sprühpistole muß undicht sein."

„Also das habe ich gerochen – ich konnte es nicht identifizieren", sagte der große Polizist. Doch er ging nicht von der Treppe zum Grammophon, um die Angelegenheit zu untersuchen. Millicent wartete gespannt auf seine Schritte. Es war, als wüßte der Mann, den sie nie gesehen hatte, alles, was sie getan, und alles, was sie geplant hatte. Es war, als wüßte er genau, was in ihren Gedanken vorgegangen war. Als ob er sie beobachtet hätte!

„Nun denn", fuhr Inspektor Waters fort. „Letzte Nacht hat es geregnet, und heute morgen war alles triefend naß, aber sie ist nur im Schlafanzug und barfuß zu ihrem Versteck gelaufen. Sie haben gesagt, daß nichts von ihren Kleidern und Schuhen fehlt. Und sie hatte nichts davon am Vortag in das Versteck gebracht. Wo könnte, wo müßte ein solches Versteck sein? Merken Sie es nicht? *Genau hier im Haus.*"

„Das kann einfach nicht sein", sagte Mutter. „Ich habe alles doppelt durchsucht – es ist nicht im Haus." Plötzlich nieste Mutter. „Du meine Güte", sagte sie, „das ist wieder meine Allergie. Ich werde noch einmal das Haus durchsuchen. Ich muß irgend etwas tun!"

Der Polizist war mit Mutter aufgestanden, dann schloß sich die Hintertür, und er setzte sich wieder. Er trommelte mit seinen Absätzen auf den Boden, und Millicent konnte seine polierten Schuhe aufblitzen sehen. Plötzlich waren die Schuhe und das Trommeln weg. Doch der Polizist war noch da. Er hatte sich umgedreht, kniete jetzt auf der untersten Stufe und spähte mit einem Auge durch den Ritz unterhalb der obersten Stufe. Millicent konnte das Weiße seines spähenden Auges sehen. Besorgt sagte sie sich, daß er sie unmöglich im Dunkeln erkennen würde.

„Na, Mimi", sagte der Inspektor in ganz normalem Ton, als ob er sie deutlich sähe. „Ich könnte es mir selbst zusammenreimen, aber warum erzählst du mir nicht einfach, wie du und Blaues

Wunder hier herunter gekommen seid? Ich könnte es herausbekommen, aber ich möchte gern, daß wir zwei uns ein bißchen unterhalten, bevor diese großen Brüder oder auch deine Mutter zurückkommen."

„Wieso haben Sie es gewußt?" stieß Millicent hervor.

„Ich habe es nicht gewußt. Ich bin schon gut, aber eigentlich hat die Allergie deiner Mutter die Spürarbeit getan. Sie hat die Katze sogar durch die Ritzen unter diesen Stufen aufgespürt. Ich nehme an, du gehst durch das Grammophon hinunter, wie?"

„Es hat einen falschen Boden", erzählte Millicent ihm bereitwillig. Merkwürdigerweise tat es ihr fast leid, daß der große Mann nicht von allein darauf gekommen war. Aber sicher wäre er noch! Oh, er war klug.

Die donnernden, balkenbiegenden Schritte des Polizisten eilten über die Veranda. „Ich komme gleich runter – na, zumindest mein Kopf kommt", rief er durch das Grammophon. „Ich muß wissen, wie es da unten aussieht."

„Das geht nicht", warnte Millicent und ver-

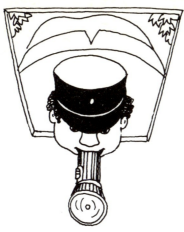

suchte, ihn noch rechtzeitig aufzuhalten. Sie kroch so schnell wie möglich auf das Schlupfloch zu. „Das geht nicht – Sie sind viel zu groß und schwer, so wie Sie klingen."

Der Inspektor hörte sie nicht. Er holte die klirrenden Gartengeräte aus dem Grammophon.

Als Millicent die Tür vom Schlupfloch gezerrt hatte, war er im äußeren Raum – zumindest sein Kopf war da. Sein großes, rundes Gesicht hing unter dem Grammophon und war ganz gedunsen, weil er eine Taschenlampe im Mund hielt, damit er die Hände frei hatte. Da hing er, doch die Taschenlampe beleuchtete Millicent. Sie schaute ihn an und er sie.

Dann ließ er die Taschenlampe fallen, weil er „hmm" sagen wollte. Die Taschenlampe rollte davon und beschien dann die Vordermauer der Veranda. Noch einmal, und deutlicher ohne die Taschenlampe, sagte er: „Hmmm. Durch die Trennwand sind das also hier unten zwei Räume. Ein Geheimeingang durch einen doppelten Boden in einem Grammophon, und ein Schlupfloch in einer Trennwand. Schau mal! An der vorderen Mauer sind sogar Vierecke in Fenstergröße eingezeichnet. Irgend jemand hat hier vor längerer Zeit etwas angefangen, was er nie fertig gemacht hat – ich würde auf ein geheimes Clubheim für Jungen tippen. Jungen haben es gern geheim . . . Hör mal, wo ist diese berühmte blaue Katze?"

„Sie hat Angst bekommen, weil Sie da so kopfüber hängen. Ich habe sie nicht halten können, als sie Ihr Gesicht gesehen hat – ganz gedunsen und mit der Taschenlampe mitten drin – Sie haben wirklich ausgesehen wie eine Karnevalsmaske."

Der Inspektor lachte. „Du hast keine Angst vor mir, und das ist gut. Wirklich, Milliönchen – so nennt dich Carl, nicht wahr? – würde es dir etwas ausmachen, dich in den Grammophonschrank zu stellen, damit wir weiterreden können? Ich muß hier heraus, alles Blut strömt mir in den Kopf, und den brauche ich gerade zum Denken."

Millicent hob erst die Taschenlampe auf und reichte sie ihm, dann gehorchte sie. Es tat gut, aufrecht zu stehen. Draußen saß der Inspektor mit gekreuzten Beinen auf dem Verandaboden und betrachtete sie im Tageslicht, und sie hatte nicht im geringsten Angst vor ihm.

„Warum hast du Katzen so gern?" fragte er plötzlich.

„Mögen Sie sie nicht?" fragte Millicent zurück.

„Doch", sagte er. „Aber anscheinend mag ich kleine Mädchen mehr – zumindest habe ich fünf Mädchen und nur eine Katze."

„Eine Katze?" sagte Millicent. „Sie haben eine Katze zu Hause bei den fünf Mädchen?"

„Moment mal", sagte er. „Wer stellt hier die Fragen? Und hör auf, meine Fragen mit deinen Fragen zu beantworten. Wer ist hier überhaupt der Inspektor?"

„Ich nehme an, ich bin der Verbrecher, dann sind Sie der Inspektor", sagte Millicent.

Sie lachten beide, doch dann sagte der Inspektor: „Jetzt würde ich immer noch gern wissen, warum du Katzen so liebst, wenn sich niemand sonst in der Familie viel aus ihnen macht. Und diesmal hätte ich gern eine aufrichtige Antwort."

Millicent sah vor sich hin und überlegte. „Ich weiß nicht", gab sie langsam zur Antwort. „Ich habe sie immer gemocht, glaube ich. Weil – weil sie streunen und kein Zuhause haben. Sie sind klein! Ich glaube, das ist es – sie sind so klein und haben kein Zuhause ... Ich kann nichts dagegen tun, irgendwie werde ich innerlich ganz weich und zerschmolzen, wenn ich sie sehe." Sie dachte nach. „Ich nehme sie auf den Arm, und das sollte ich nicht tun, denn dann kann ich sie anscheinend nicht mehr loslassen – sie haben kein Zuhause und sind ausgehungert, und sie gehören niemand, und sie brauchen jemand."

„Ich weiß genau, was du sagen willst", sagte der Inspektor sofort, „denn so geht es mir, wenn ich eine meiner kleinen Töchter auf den Arm nehme, nachdem ich einen ganzen langen Tag von ihnen fort gewesen bin. Da wird das Herz gewissermaßen wie billiges Softeis, wenn es schmilzt

– ganz wässrig und matschig. Vielleicht schmilzt es wirklich."

„Ja!" sagte Millicent entzückt. „Wie breiiges billiges Softeis." In ihr war ein großes Staunen über all das, was er wußte und verstand.

Drunten im Dunkeln rieb sich plötzlich Blaues Wunder an ihren Knöcheln. Millicent tauchte außer Sicht und kam wieder hoch mit dem Kätzchen in den Händen, das sie dem großen Mann entgegenstreckte. Von der Katze verdeckt erklärte sie dem Inspektor langsam und ehrlich: „Ich verstehe, daß hier keine Katze bleiben kann – es ist zu schlimm für Mutter. Aber als ich Blaues Wunder neben meinem Osterkorb gefunden habe, da ist mir der Gedanke gekommen, daß es ein Geschenk ist, das größte, schönste Geschenk meines Lebens. Und dann ist alles falsch gelaufen. Und irgendwie habe ich es nicht richtig gefunden, daß etwas so Prächtiges wie Blaues Wunder weggebracht werden sollte. Oh, ich weiß nicht, wie ich es ausdrücken soll, aber es geht mir immer noch so – ich muß Blaues Wunder behalten."

„Natürlich mußt du das", stimmte der Polizist zu. „Aber hör zu, Milliönchen, ich weiß auch

nicht, wie wir das schaffen werden – noch nicht –
aber zumindest werden wir es versuchen. Deine
Brüder und Sally müssen jetzt jede Minute zurückkommen, doch du überläßt alles mir. Du mußt
nur bleiben, wo du bist, aber gib acht, daß Blaues
Wunder sich ruhig verhält. Ich werde plötzlich
den Grammophonschrank aufmachen und dich
heraufziehen, aber du sagst kein Wort. Du sollst
nur ängstlich aussehen. Das dürfte dir nicht
schwerfallen."

Sie lachten, und Blaues Wunder in Millicents
Armen wurde aufgeregt und mischte seine rauh
klingenden Miaus in ihr Gelächter.

Der Inspektor unterbrach sich. „So, jetzt an
die Arbeit. Ich möchte mit deinen Leuten reden,
bevor ich dich aus dem Grammophon hervor-
zaubere. Oh, da kommen die drei gerade aus der
Hintergasse!" Ohne ein weiteres Wort schob er
die Schranktür zu.

„Sie haben die Gartensachen nicht zurück-
getan", rief Millicent heraus.

„Macht nichts, dazu ist keine Zeit mehr. Ich
werde deine Brüder und Sally hier festhalten,
dann rufe ich deine Mutter herunter. Denk nur,

wie ihr zumute sein wird, wenn ich die Tür aufmache und rufe: ‚Hier ist sie, Mrs. Harding, hier ist sie.‘ Ich fürchte, bevor ich nur einen Ton herausbringe, werden deine Brüder so auf dich losstürmen, daß sie mich umrennen ... Halte deine Katze ruhig!“

Inspektor Waters schritt zur Tür, riß sie auf und schrie: „Mrs. Harding! Oh, Mrs. Harding! Millicent ist da, gesund und wohlauf. Können Sie eine Sekunde herunterkommen?“ Er lachte leise vor sich hin. „Und ob sie eine Sekunde herunterkommen kann! Schau nur, wie sie alle rennen!“

Der Wunderclub

Carl mußte die fünf Verandastufen mit einem
Satz übersprungen haben. Als seine Füße herun-
terdonnerten und die Veranda bebte, schrie er:
„Wo ist sie? Wo haben Sie sie gefunden?"

„Einen Augenblick – sie wird sofort hier sein",
sagte der Inspektor neben dem Grammophon.
„Ich mache mir gerade noch ein paar Notizen,
bis Ihre Mutter herunterkommt. Am besten
setzen wir uns alle auf die Treppe und halten eine
kleine Familienbesprechung ab, während wir auf
Millicent warten. Im Moment will ich Ihnen nur
sagen, daß sie gesund und wohlbehalten ist."

Alle blieben stehen, und es entstand eine
schwere, enttäuschte Stille – dann kam Mutter
auf die Veranda. Millicent konnte nicht dagegen
an, sie mußte ihre Mutter sehen, mußte schauen,
wie es ihr ging. Sie preßte Blaues Wunder an
sich und öffnete die Schranktür um einen win-

zigen Spalt. Der Inspektor führte Mutter zu den Verandastufen, und als sie sich neben Sally setzte, nahm er auf der obersten Stufe Platz. Alle drehten die Köpfe und schauten zu ihm auf. Er schlug sein Notizbuch zu.

„Schöner Kriminalist", sagte er. „Ich war so aufgeregt, daß ich nicht alle Einzelheiten mitbekommen habe, doch Millicent kann Ihnen die besser erzählen als ich."

David und Carl sahen zu dem Inspektor hoch, als könnten sie ihren Ohren nicht trauen. Er bemerkte es und hob die Hand. „Ich weiß, wie Ihnen zumute ist, aber ich muß in den paar Minuten, bevor sie kommt, mit Ihnen reden. Haben Sie sich jemals überlegt", begann er sofort und ließ ihnen keine Möglichkeit, ihn zu unterbrechen, „wie es sein muß, wenn man das jüngste Kind in einer Familie von lauter Erwachsenen ist? Im ganzen Haushalt gibt es nichts, was kleiner ist als man selbst, nichts, was einen braucht. Und dann ist da eine nahe Hintergasse, in der man manchmal entlaufene Katzen findet, die einen brauchen."

Millicent konnte sehen, wie ihre beiden Brüder

mit steifen Hälsen den Inspektor anschauten. Hinter ihnen hatte Sally zu schmunzeln begonnen, und Mutter betrachtete den Mann hoffnungsvoll und mit einem kleinen Lächeln.

„Na gut", sagte der Inspektor in ihr Schweigen hinein, „jetzt gerade seid ihr beiden Brüder ängstlich und besorgt, und so will ich euch haben, denn so werdet ihr mir zuhören. Doch zugleich ärgert ihr euch auch darüber, daß eure kleine Schwester einen so herzlosen, gedankenlosen Streich spielen konnte. Wo doch ihre großen Brüder sie so gut erzogen haben!"

Millicent spähte zu Mutter hinüber, die in sich hineinlächelte. Oh, sie liebte den großen Inspektor!

„Verzeiht mir", sagte Inspektor Waters direkt zu Carl und David, „aber ich will das jetzt in euch hineinkriegen, bevor ihr eure Angst vergessen habt – und das habt ihr, sowie ich Millicent zum Vorschein bringe. Wir wollen das jetzt einmal von ihrem Standpunkt aus betrachten. Wie wäre euch zumute, wenn ich sie plötzlich erscheinen lassen würde, euch aber sagte: ‚Hier ist sie – aber ihr könnt sie nicht behalten?' Genau das habt ihr jedesmal von ihr verlangt, wenn sie ein

Kätzchen gefunden hat, das sie, allein wie sie war, liebhaben konnte ... Sicher, das war um eurer Mutter willen, aber mußte so nicht eure kleine Schwester alles allein ausbaden? Sie war diejenige, die ständig an die Allergie ihrer Mutter denken mußte und daran, was sie nicht tun durfte.

Aber habt ihr zwei Männer jemals darüber nachgedacht, was zu tun war? David, Sie sind Zahnarzt, und Carl studiert und will Arzt werden, aber wie oft habt ihr daran gedacht, neue Medikamente zu erproben, bevor Millicent diesen Notfall heraufbeschworen hat? Und wenn ich weiß, daß es häufig möglich ist, Menschen für eine gewisse Zeit von ihrer Allergie zu befreien, dann solltet ihr das auch wissen! Auf jeden Fall wißt ihr zwei gut genug, wie rasch sich die Dinge auf dem Gebiet der Medizin heutzutage ändern."

Auf der Stufe unter David und Carl nickte Sally begeistert bei jedem Wort des Inspektors, sagte aber klugerweise nichts. Und Mutter hörte aufmerksam zu.

Der große Mann schwieg einen Augenblick, als wollte er seine Worte wirken lassen, dann platzte er ohne Warnung mit der Frage heraus: „Wer hat angefangen, unter der Veranda ein Clubheim zu bauen, und warum habt ihr alle – selbst Sie, Mrs. Harding – versucht, mich an der Nase herumzuführen? Ich bohrte und fragte nach irgendeinem Versteck hier im Haus, aber keiner von euch hat daran gedacht, den Raum unter der Veranda zu erwähnen."

„Aber davon habe ich nichts gewußt!" Mutter klang erstaunt.

„Niemand hat versucht, Sie an der Nase herumzuführen", sagte Carl ärgerlich. „Wir haben ihn nicht erwähnt, weil wir nichts davon wußten. Soweit ich weiß, ist es unmöglich, unter diese Veranda zu kommen, es sei denn, man nehme ein Brecheisen... Halt mal", unterbrach er sich. „Wenn es einen Zugang gibt, dann nur durch das Grammophon. Ist Millicent da drunten mit ihrer Katze?"

Der Inspektor nickte.

„Wißt ihr, wieso mir das eingefallen ist?" fragte Carl triumphierend in die Runde. „Weil ich als Kind oft in dem großen Grammophon gesessen habe. Das war, als Vater einen Pflanzkasten daraus machte... Ist Mimi jetzt dort unten?"

Er sprang auf und lief zum Grammophon, doch der Inspektor war zuerst dort und öffnete die Tür.

„Okay, Millicent, komm heraus, aber deiner Mutter zuliebe läßt du Blaues Wunder lieber unten." Er half ihr heraus und schloß den Schrank. Unter der Veranda begann Blaues Wunder zu klagen – so verzweifelt, so elend, als sei es seit Tagen verlassen. „Na", sagte der Inspektor über den Schreien, „hier ist also eure kleine Schwester, und dort unten ist die kleine Katze, die, wie ihr hören könnt, schon ganz Millicent gehört. Sie dachte, sie gehöre ihr. Sie dachte, ihr hättet ihr Blaues Wunder als das größte Ostergeschenk ihres Lebens gegeben." Er räusperte sich. „Und ich möchte darauf hinweisen, daß Ostern noch nicht vorbei ist."

Alle starrten Millicent so an, daß es ihr peinlich war. Sie lief zu ihrer Mutter, und Mutter umarmte sie. David und Carl und Sally stellten sich in einem engen Kreis um sie, als wollten sie Millicent nie mehr aus diesem Kreis herauslassen. Mutter drückte ihr Gesicht an Millicent und sagte immer wieder: „Mimi. Mimi."

Millicents Kehle begann sich ungeheuer dick anzufühlen, doch sie mußte anfangen zu erklären – sie mußten ja wissen, wie sie den geheimen Eingang entdeckt hatte, und was unter der Veranda war.

Carl nickte eifrig zu ihren Worten. Dann ließ er sie noch nicht einmal ausreden. „Weißt du, wieso mir ein doppelter Boden als Zugang zu dem Raum unter der Veranda eingefallen ist? Vor langer Zeit habe ich selbst einmal daran gedacht. Ich bin damals immer in das Grammophon gekrochen, wenn Vater daran arbeitete. Ich nannte das helfen. Ich saß da und plagte ihn, er solle uns ein Clubheim unter der Veranda bauen. Und während ich da drin saß, fiel mir ein, daß der Weg durch einen doppelten Boden ein phantastischer Geheimeingang wäre. Wir alle waren damals verrückt nach einem Clubheim. Wir hatten einen Anbau an die Veranda irgendeines Kindes gemacht, und der war über uns zusammengebrochen, also plagte ich Vater, uns ein richtiges Clubheim zu bauen.

Hört – ich muß ihn darauf gebracht haben. Aber ich habe nie gewußt – er hat nie etwas davon verraten, daß er es tun wollte." Carl rieb sich heftig die Nase und ging dann zum Grammophon. „Ich muß unbedingt hinunter und mir das anschauen."

„Ich auch", erklärte David, aber dann betrachtete er seinen neuen Anzug. „Nach Hinterhöfen und Gassen macht ihm das wohl auch nicht mehr viel aus", sagte er halb entschuldigend, halb bittend zu Sally.

„Natürlich nicht", sagte Sally. „Ich gehe auch hinunter."

Der Inspektor reichte Carl seine Taschenlampe. „Geben Sie mir einen ausführlichen Bericht – ich bin zu dick für Grammophone."

„Oh, Carl", sagte Millicent weinerlich, „deine Taschenlampe ist dort unten – kaputt – sie tut nicht mehr." Es war besser, sie sagte es ihm, bevor er selbst die Lampe fand.

Carl streckte seinen Kopf aus dem Grammophon. „Im entfernteren Raum sind sogar Fenster eingezeichnet", sagte er. „Aber ich glaube, jetzt brauchen wir außer den Fenstern auch eine kleine Tür – Mädchen werden nicht kopfüber durch ein Grammophon kriechen wollen."

„Dieses Mädchen schon", rief Millicent. „Es geht nur so, denn so habe ich Blaues Wunder gerettet."

„Dein Glück!" sagte Carl begeistert. Mit der Taschenlampe rutschte er hinunter, und David und Sally folgten ihm.

Sie konnten hören, wie er unter der Veranda laut über dem fragenden Miauen von Blaues Wunder ausrief: „Du meine Güte, du hast wirklich blaue Augen – aber mußt du an mir hochklettern, als wäre ich ein Baum?" Jetzt leuchtete er wahrscheinlich mit der Taschenlampe um sich herum. „Donnerwetter", sagte er. „Donnerwetter. Was das für mich und die Kinder damals bedeutet hätte! Und Vater hatte tatsächlich angefangen, das für mich zu bauen. Hör zu, Milliärdchen, ihr alle, ich will das fertigmachen, was er begonnen hat. Aber ein Clubheim hier unten – mögen das kleine Mädchen wirklich?"

„Ich schon", antwortete Millicent sofort. „Und wenn Sarah nicht mag ... Mr. Waters, würden Ihre fünf Mädchen kommen? Sie könnten ihre Katze mitbringen."

Der Detektiv lachte. „Bis auf die eine, die

Säume näht – sie muß auch eine Art Sarah sein – werden sie alle wild darauf sein, zu einem Club zu gehören. Aber ich warne dich, sie sind nicht wunderbar – nicht mal die Katze."

„Der Wunderclub – wir werden den Wunderclub gründen", sagte Millicent, die das in diesem herrlichen Moment beschlossen hatte.

Sally zog sich aus dem Grammophon. Sie trug Blaues Wunder auf dem Arm. „Puh! Ich werde dir auf jeden Fall beim Putzen und Einrichten helfen müssen, Mimi, wenn Carl und David hier unten fertig sind. Jetzt ist das kein Ort für Wunder! Aber bis dahin werde ich Blaues Wunder in den Wagen setzen und es nach Hause fahren. Es gehört natürlich dir, Mimi, und du kannst es auf dem Schulweg und auf dem Heimweg besuchen. Und an den Samstagen und Sonntagen auch."

Mutter umarmte Millicent. „Und ich werde mich morgen als erstes nach den neuen Behandlungsmethoden erkundigen, die es gegen Allergien gibt. Wenn sie helfen, dann kann deine Katze hier bei uns leben."

„Ich will kein Spielverderber sein", meldete sich Inspektor Waters, „aber ich muß Sie daran erinnern – ich bin immer noch Polizist –, daß es sich hier um eine entlaufene Katze handelt. Sie stellen besser fest, ob jemand eine Suchanzeige nach ihr aufgegeben hat."

Millicent ließ die Schultern hängen, doch Mutter legte den Arm um sie und flüsterte: „Mr. Waters muß da genau sein, aber eine Katze, die so dünn und ausgehungert ist wie Blaues Wunder – und sogar Oliven frißt –, die ist schon lange entlaufen. Du weißt, wo die alten Zeitungen auf der Werkbank gestapelt sind. Wenn du die Suchanzeigen vom letzten Monat durchsiehst und Blaues Wunder nicht darin findest, dann ist es sicher in Ordnung. Warum schaust du nicht gleich nach? Vorher hast du doch keine Ruhe." Mutter versetzte ihr einen kleinen Stoß.

Millicent lief davon, aber als sie an dem offenen Küchenschrank vorbeikam, holte sie sich eine Packung Corn-flakes. Sie aß sie trocken, während sie all die traurigen Anzeigen in den Zeitungen im Keller durchsah. Über die Werkbank gebeugt hatte Millicent schon die Suchanzeigen eines Monats durchgearbeitet, als plötzlich das Kellerfenster aufgestoßen wurde.

Es war Sarah. „Mill-iii, bist du da unten? Sie haben gesagt, du wärst hier. Milli, ich bin gekommen, weil deine Mutter heute morgen angerufen hat, und nach dem, was sie sagte, glaubt meine Mutter, daß du von daheim weggelaufen bist. Bist du von daheim weggelaufen?"

„Nicht von daheim", sagte Millicent, den Mund voll trockener Corn-flakes. Dann sprudelte sie hervor: „Sarah, ich habe eine Katze, eine blaue

Katze, und sie heißt Blaues Wunder. Ich bin nicht von daheim weggelaufen, weil Blaues Wunder zu mir gekommen ist. Und niemand hat eine Suchanzeige nach ihm aufgegeben, also kann ich es behalten. Sarah – eine Katze mit blauen Augen!"

Sarah am Fenster schüttelte ihren verwirrten Kopf, bis ihre Brillengläser funkelten. „Blaue Augen – worauf sie wohl als nächstes kommen?" Dann schaute sie Millicent bittend an. „Milli, kann ich zu euch zum Essen kommen? Bei euch gibt es Schinken, und ich kann noch nicht einmal den Geruch unseres Gänsebratens ertragen. Ich bekomme davon eine Gänsehaut. Gänsehaut von Gänsebraten! Ist das nicht ein guter Witz?"

In diesem Moment, während Sarah immer noch das Fenster offen hielt, kam aus Davids Wagen in der Einfahrt ein unheimliches Wehklagen und Jammern. „Sarah!" stieß Millicent hervor. „Ich weiß, was wir machen. Warum können du und ich und Blaues Wunder nicht bei Sally essen? Blaues Wunder darf noch nicht in einem Haus mit meiner Mutter sein, aber wir sollten an Ostern mit meiner Osterkatze essen."

„Aber Katzen sind mir zuwider", protestierte Sarah.

„Gans auch", erklärte Millicent fest.

Sarah schaute ängstlich drein, dann hoffnungsvoll. „Nun, vielleicht ist es mit einer blauen Katze anders! Stell dir vor, wir essen zusammen mit einer blauen Katze, und die Anstecknadel, die ich dir geschenkt habe, hat auch eine blaue Katze! Ist das nicht merkwürdig?"

Aber Millicent war mit ihrer eigenen Idee beschäftigt und achtete nicht auf Sarah. „Sally, Sally", rief sie zur Kellerdecke hinauf.

„Ich bin mit Blaues Wunder hier im Wagen, ich habe dich gehört", rief Sally aus der Einfahrt. „Ich habe versucht, ihm Gesellschaft zu leisten, aber es will mich nicht – es will dich . . . Das ist ein wunderbarer Vorschlag, Mimi. Ich werde dich und Sarah gleich jetzt mit nach Hause nehmen, und wenn hier das Essen fertig ist, werde ich es euch und Blaues Wunder bringen."

„Oh, ich muß mich anziehen", sagte Millicent, schwindelig vor Aufregung und Eile. „Fressen Katzen Schinken?" fragte sie. „Oh, ich weiß, daß sie Gans mögen. Sarah, während ich mich anziehe, lauf und hol für Blaues Wunder deine Portion Gänsebraten für sein Osteressen." Sie dachte einen Augenblick lang nach. „Und Blaues Wunder ist so klein, daß es nicht alles essen wird. Wir werden das, was übrig ist, in die Hintergasse bringen!"

Sarah lief, doch Millicent zwang sich dazu, erst noch auf die Bank zu steigen und das Fenster sicher zu verriegeln.